山间花开

陈先平 著

北京日报出版社

图书在版编目（CIP）数据

山间花开 / 陈先平著. — 北京：北京日报出版社，2023.1

ISBN 978-7-5477-4291-4

Ⅰ.①山… Ⅱ.①陈… Ⅲ.①散文集—中国—当代 Ⅳ.①I267

中国版本图书馆CIP数据核字（2022）第075220号

山间花开

出版发行：北京日报出版社

地　　址：北京市东城区东单三条8-16号东方广场东配楼四层

邮　　编：100005

电　　话：发行部：（010）65255876
　　　　　 总编室：（010）65252135

印　　刷：北京军迪印刷有限责任公司

经　　销：各地新华书店

版　　次：2023年1月第1版
　　　　　 2023年1月第1次印刷

开　　本：710毫米×1000毫米　1/16

印　　张：14

字　　数：178千字

定　　价：66.00元

版权所有，侵权必究，未经许可，不得转载

目　录

第一辑　生命跪拜

父亲的茶山母亲的歌　002

家有两块军属牌　008

父亲，没有战功　011

母亲的二十根火柴　016

想念父亲　020

娘在京城　025

父亲的碑文　030

老屋　033

生日　038

年味　042

尽孝不能等待　046

想起穿布鞋的日子　051

想念姆妈的烟味　056

生命里的日子　061

关机二十四小时　066

第二辑　叩问心灵

亲娘如娘　072

长兄如父　077

我的大姐　081

水贵为礼　084

想念家乡冬日里暖暖炊烟　091

老屋后的枣子熟了　096

底色　100

雪的冷是家的暖　104

醇香满屋　109

临街的这面窗子　114

把那间老屋记在了心里　119

乡间偏方　123

我也醉过　127

同船共渡一世缘　133

家要添丁　137

顽子三岁要结婚　141

第三辑　岁月镌刻

师魂　146

乡里乡亲　151

蒋妈　160

山巅之上那片金色稻田　165

征程中，我庆幸拥有这个支撑点　169

三十载的精神成长　173

活出大树的样子　176

红颜知己　179

山毛竹，红花草　183

神石　186

迟到的顿悟　189

解读苦难　192

渴望轻松　196

墓地　199

话说重修雷峰塔　203

雨色樱花　206

母亲河　211

第一辑 生命跪拜

父亲的茶山母亲的歌

　　中国作家协会的彭学明是湘西人，文学上的成功并没有改变他对故乡的那份原始的依恋。几年前他的那篇泣血之作《娘》，让我与他有了心灵上对白，我们把娘弄丢了，那是心灵深处刻骨铭心的自我救赎。多年后一个春天的午后，学明兄通过微信发来"古丈茶歌，为了唤醒你，我在这里等了千年"。读着这些穿越时空的文字，高亢优美的茶歌再次唤醒了我对家乡的记忆，那里有父亲的茶山，那里曾经留下母亲唱响的茶歌……

　　我的家乡是皖南山区一个很僻静的小山村，说它僻静是因为它隐在大山深处，距山下的村庄有很长的一段绕山公路。小时候从山上下到山下，全靠脚力，要花出大半天的时间。那个时候山上的人除了特别要紧的事，是很少有人下山去的，山上与山下的交往很少，山村显得异常安静。

　　安静的山村一年里也有一些日子是热闹的，那就是每年谷雨时节，漫山遍野的茶叶开园采摘的时候，从山下四乡八寨赶来的采茶人让寂静的山村一下子热闹起来。这种热闹不仅仅是人多了起来，而是那因茶而起唱响山谷的茶歌，这山传到那山、这边唱来那边和的山歌将沉寂的山村从一帘春梦中吵醒，这本偏僻寂静的山村竟一下子成了茶歌的欢乐海洋。

  山里人天生有副好嗓子，这是这方水土养育的灵性。母亲的嗓子原本也是极好的，但在我少时的记忆中母亲极少会在采茶时唱山歌、对山歌，能听到母亲唱茶歌那是极稀罕的事。

  外婆家住在大山深处一个名叫"神仙壕"的山谷里，单从这名字就能想象得出外婆家与山下村庄隔得有多远。山谷的两面山排上都种着茶树，都是外婆家一代代开荒种出来的野生山茶，也是外婆一家糊口的依靠。母亲是外婆生养的第九个孩子，也是最小的，从小就得到一大家人的特别宠爱。每年茶叶一开园外婆就背着母亲上山采茶，大多时候是背在外婆的背上，或睡在外婆那宽大的茶篓里，听着茶歌的童年成了母亲永远幸福的回忆，母亲说那是幸福快乐的时光。母亲从小就爱唱歌，唱得好听。唱茶歌、对茶歌是我们那个小山村所有女孩子都会的，如同女孩子会做针线活儿一样。可从小就会唱茶歌又唱得好听的母亲在我的记忆里，却长久缺失了歌唱的印象，以至于我有很长一段时间以为母亲只会劳作而不会歌唱。母亲不说这其中的缘由，只是感叹小时候在外婆身边的幸福是短暂的，正因为短暂，却又是那样值得回味，记得很深沉。

  长大后，我才解开这个困惑，理解母亲所说的眷念与深沉。本来茶歌唱得极好的母亲早早地被生活压弯了腰，压弯了腰的母亲没有向生活屈服，更没有向艰难流泪，只是不再歌唱，把歌声化作了内心承载苦难的坚强。

  没有母亲茶歌陪伴的童年是有缺憾的。特别是长大后知晓母亲茶歌原来唱得是那样好听，那份遗憾就成了伤痛，渗透到心灵深处。岁月逝去，这样的记忆却如同一个坚实的果子落在了荒芜的原野，无人知晓它的存在,也没有人知道它会在什么季节长出生命的新芽。

童年记忆的缺憾没有淹没我对家乡茶歌的记忆。在我的记忆中,家乡茶季里山歌是响亮的,特别是每年谷雨前后,漫山遍野的茶园进入采摘旺季,从四乡八寨赶来的采茶女把平日寂静的山村从安睡中叫醒。外地来的采茶女都是住在各个农户家中,与这家人一起吃住,一起采茶制茶,茶歌自然也是一遍遍一起唱响。这些外乡来的采茶女在茶季里就融入这座平时少有人来的山村,有的采完了茶就留在了茶乡,嫁给了茶乡人做了媳妇,这与茶歌有着不可不说的关联,或者可以说是一首首茶歌成全了这一桩桩姻缘。

茶歌属于山野,茶歌的韵律陶醉了这山水河川,那是属于茶乡的歌。茶歌有着穿越时空、穿越心灵的强大穿透力,茶歌一年一个轮回把山村一次次叫醒,把希望一次次找回。

茶歌把母亲从苦难中找回,找回那失落了几十年的岁月风华。

母亲那年是不唱茶歌的,那年母亲刚九岁。那年到了神仙壕东排西排茶园依次开园采摘的时候,人们忽然发现杨家九妹那动听的歌声并没有如往年那样在山谷里响起,尽管母亲那娇小的身影依旧跟在大人后面,每天都出现在东排西排的茶园里,只是没有了歌唱,没有了欢笑,那年,外婆走了,母亲没有了妈妈,没有了妈妈的孩子唱不出来快乐的歌。

这一停就是九年。1951年的春天,偏僻的山村迎来新的生命。那一年母亲家东排西排茶园开园采茶的季节,已经二十八周岁的父亲报名参军,抗美援朝,保家卫国,这是中华人民共和国成立后山村第一批青年参军入伍,这一次不再是以往的抓壮丁,而是自愿报名参军入伍。村里为参军入伍青年开欢送大会,母亲正在东排茶园采茶,听到山下传来锣鼓声,就挎着茶篓跑到欢送的人群里,随着大家唱起了茶歌,这是外婆离开人世后母亲第一次开口歌唱。母亲后来告诉我,我的两个舅舅就是解放前被抓了壮丁,五花大绑从家里带走的,而这次参军是身披大红花,全村人唱着歌送别的，父亲是听着母亲的茶歌离开家乡、踏上保家卫国的征程的。三年后，父亲从朝鲜战场回到山村，也正是采茶的季节，正在采茶的母亲听到消息从山上跑到山下加入欢迎的人群中，唱着动人的茶歌。

家乡茶歌唱得最响亮的当数1959年的春茶季。1958年，我们这个偏僻的小山村因为种茶植树在社会主义农业建设中成绩卓著，有幸获得国务院总理周恩来签令发的全国"农业建设社会主义先进单位"国务院奖状。当大山营党支部书记从北京人民大会堂领回国务院奖状的时候，整个山村沸腾了，祖祖辈辈种茶的乡亲沉浸在这巨大的幸福之中。

父亲寡言，不苟言笑。听姐姐说她们小时候都很怕父亲，但父亲却极少发脾气，更极少体罚孩子，我想父亲是因为有了那种不怒自威的气场才让姐姐们不敢造次。父亲的威严并没有影响到母亲的歌唱，母亲的茶歌却平和了父亲的严肃，也让艰难的生活多了一些生气，添了些许的快乐。

获得周总理褒奖的第二年，村里就遭受了饥荒。我们茶区本没有闹灾，茶叶产量甚至比往年还要好，是整个国家的灾荒影响到了我们茶区人的生活，靠生产茶叶换取口粮的我们生产了比往年更多更好的茶叶却换不来可以填饱肚子的口粮。那时我们村的茶叶被要求制成红茶，专供出口。全村人饿着肚子比往年更加勤奋地采茶制茶，制作精品红茶出口换取国家急需的资源。就是在那样连饭都吃不饱的年景里，父亲领着乡民们大面积开荒种茶，成为远近闻名的种茶大队。也就在那一年，父亲将家里刚盖成的三间瓦房无偿地捐给了集体，带头支持农业社会主义建设伟大事业。父亲成功说服外公将神仙壕东排西排茶园归了集体，那是外公一家几代人开荒种下的，是外公养家糊口的依靠。作为村里的领头人，父亲说服外公把这片茶园无条件地归到集体，从而极大地推动了当时农村集体所有制建立进程。父亲把外公接到山下住，对外公说，女婿半个儿,从此这儿就是他的家。从那以后,东排西排就成了村里最大的一片高山茶园,成为社会主义农村建设的样板。

母亲没有任何犹豫,完全支持父亲。从小就在东排西排采茶的母亲又回到东排西排采茶,茶自然采得更好更快,心情自然也更好,回到东排西排采茶的母亲带头把茶歌唱得更响、更嘹亮,母亲说这是她九岁那年外婆走了之后隔了整整十六年之后在东排西排再次唱起茶歌,尽管茶叶丰收并没能换来生活的温饱,但母亲饿着肚子依旧唱起茶歌,她用茶歌表达着内心的知足与欢乐。

父亲积劳成疾,英年早逝,撇下母亲和我们几个尚未成年的孩子,留下身后这成片的茶园。从此,每到茶季,响遍山谷的茶歌声中再也没有了母亲的歌声。养活一家人的重担压在了母亲肩上,父亲治病欠下的几百元巨债更如同大山压顶让母亲喘不过气来。县上和公社都提出要照顾我们一家,说父亲治病的医疗费可以让公家出一部分。母亲没有接受这样的照顾,在母亲看来,如果接受这样的照顾,就有违父亲为人做事的本性品质,她懂父亲。

后来农村实行大包干,茶园要分到各家各户。村里关于东排西排茶园的处置安排征求母亲的意见,母亲提出东排西排的茶山可否不分,留作集体所有,一则是东排西排离山下村庄远,分到一家一户的,不便于管理,采茶也极不便;二则是这块茶园是当年父亲从外公手上要来归给集体的,东排西排的茶山成就了父亲当年大干社会主义集体经济的雄心壮志,母亲从感情上接受不了这块茶山被分割成一小块一小块的茶地,哪怕是回归自己杨家。

村里采纳了母亲的建议,东排西排的茶山留作集体的茶山完整地保护了下来。东排西排的茶园成了谁都可以采的共有茶园,解了许多人家人口多、茶地少的困境。从那之后,母亲就再也没有去东排西排采茶了,至于其中缘由,我曾猜想过很多,但一直没有问起母亲求证,这或许只有母亲自己心里清楚吧。

  2009年秋天,母亲病逝于北京,按她生前的遗愿与父亲合葬在了一起,那是母亲当年为父亲找寻的一块墓地,那也是母亲在没有茶歌的日子里,将原本的一片荒地开挖出来种上茶树的茶园,那片茶园与东排西排的那条山谷遥遥相望。安息在那片茶园的父亲、母亲,每年的茶季,这山唱来那边和的茶歌,依旧陪伴着他们……

  2010年,家乡政府在大山村村头立起一座荣誉坊,将周总理褒奖大山村开荒种茶建设社会主义农村的国务院奖状悬挂其上,以纪念前辈创业之功,以激励后人再立新功。荣誉坊的周边,特意种上了成片的茶树……

  从此,母亲把童年的记忆、父亲的茶园永远留在了那个叫"神仙壕"的山谷,父亲的茶园里再也没有了母亲的茶歌……

家有两块军属牌

老家老屋的大门两旁，挂着两块军属牌，一左一右，一新一旧。左边那块旧的是父亲抗美援朝那年，新生的人民政府敲锣打鼓送来的；右边那块是我参军那年，乡里放着万响花炮送来的。这一新一旧两块普普通通的军属牌，却记载着一串串感人肺腑的往事，总是撩拨着我的心绪，久久难以平静……

父亲那块军属牌是木制的，是目前我家年代最久的物件了。要不是母亲每年都要刷上一次油漆，那古老得一准叫你觉得像件文物。当年大炼钢铁，父亲把家里所有的东西，甚至三间新盖瓦房都让给了集体，唯一留下的就是这块军属牌。当时不仅邻居不理解，就连一向深明大义的母亲也想不通，心想：房子都没有了，还守着那块小木牌子有什么用呢？可是父亲却不那么想，他说："辛辛苦苦盖起来的房子让给了集体，没要公家补一分钱，更没提任何条件，就是冲这牌子上'光荣人家'四个字，房子没了可以再盖，可这牌子说什么也不能丢！"父亲用一块大红绸布把牌子包了一层又一层,像收藏一件珍贵的宝贝似的放在了箱底。等盖好三间茅草房子后,父亲又把那牌子挂在了茅草屋的大门旁。

　　我不满一岁的时候,父亲积劳成疾不幸病逝,是母亲一手把我们兄妹五人拉扯大,那期间母亲吃了多少苦,受了多少累,我是难以知晓的,但母亲对我们的严格要求却让我铭心刻骨。记得在我刚上小学一年级时,有一次生产队组织全队劳动力上山收玉米棒,因为我实在算不上一个劳动力,只能跟在收玉米棒的大人后面捡拾一些被丢弃的或者是遗落的玉米棒,以往常常难有收获,那时粮食是那样金贵,少有天上掉馅饼的好事,跟在后面其实就是玩耍。那次却格外幸运,邻居一位大娘同情我们家人口多、劳动力少,就故意将几只玉米棒落在那里,想让正在她身后挖猪菜的我捡回去,我不知自己当时是不是领会了大娘的好意,就悄悄地把那几只玉米棒放进了自己的竹篮子里。我知道母亲的脾气,便瞒着没告诉她。后来母亲从姐姐嘴里知道了这件事,很是生气,狠狠地训了我一顿,并要我把那几只玉米棒连夜还给队上。当初母亲训我时讲了些什么,我已记不大清楚了,只清楚地记得母亲最后指着父亲的那块军属牌,流着泪对我们说:"当初你们大大为了这军属牌上的四个字,把新盖的瓦房都让给了集体,现在你们怎么能为几个玉米棒而让别人指着这军属牌说闲话呢?"母亲说话的时候,眼泪汪汪的,母亲在哭,我也哭了……

　　我参军走的那天,母亲把父亲的那块牌子摘下来擦了又擦,一边流泪,一边对我说:"平儿,到部队后,别忘了咱家的这块军属牌,要争气,要努力,要为军属牌争光!"我是带着母亲那期待的目光踏上从军之路的。每当我想轻松一下时,总是想起母亲临别的那句话,我怎能让母亲失望呢?我入伍六年多来,立功受奖的喜报一张张地寄回了家乡。每每那时,母亲总是要叫姐姐给我写封信,信上总要说:"平儿,又收到你的喜报,妈真替你高兴,我又把挂在咱们家大门旁的两块军属牌好好地擦了一次，比以前更光亮了……"

　　老家的房子后来因没人住，邻居想农忙急用时用用，并承诺给点租金。母亲坚持不要一分钱租钱，只是一再嘱托邻居住进去以后，要与人为善，别做对不住挂在门旁的那两块军属牌的事，不要给军属牌抹黑。

　　我已有几年没有回老家了。不知那两块军属牌是否依旧完好，也不知邻居擦了没有，但我想母亲是会常去看看的。她心中时时刻刻都装着那两块普普通通的军属牌……

父亲，没有战功

　　一直想为父亲写点东西，但每每铺开稿纸准备动笔的时候，却又犹豫了。对纸无言，虽思绪万千，泪如泉涌，却不能写下一个字……

　　是啊，写点什么呢？父亲在我不满一岁的时候就永远地离开了我们，对于父亲的所有记忆其实都是后来从别人的讲述中一点一滴积累不断强化而形成的。

　　父亲是参加抗美援朝的老战士，但他军旅生涯留给我的唯一印象是他穿着志愿军军服和战友在一个山坡前持枪留下的一张合影。照片早已发黄褪色，有些辨认不清，但父亲一身戎装的威武早已印刻在我的脑海里。母亲说，父亲从来没有跟她说起过上朝鲜战场的事，对那段战事只字不提。直到父亲病逝后，才从父亲一位战友那儿陆陆续续知道了一些，仍是很零碎。

　　母亲说，那是父亲去世后的第二年冬天，照片上跟父亲合影的那位叔叔不知费了多大的力气找到住在大山深处的我们家。那时他已是在军中职级不低的军官，本来是准备接父亲去南京治病的，万万没有想到同生共死的老战友已撒手人寰。妈妈说当时父亲那位老战友一听自己日夜思念的战友已经走了，眼眶一下子就湿润了，嘴里不停地念叨父亲的名字，似乎在默默地跟父亲讲述着什么。那天，那位叔叔没有走，母亲和我们陪着他到了父亲的坟上，叔叔在父亲的坟前默默地坐了好久，好像在回忆着什么。晚上，他跟妈妈和姐姐讲了好多父亲在朝鲜战场上的往事，这是父亲从没有说起过的。从他的叙说中，我们才知道父亲当时是全团年龄最大的新兵。以前只知道父亲参军时已经二十八周岁，我的爷爷、奶奶在父亲参军前就去世了，家中尚有两个未成年的姑姑全靠父亲拉扯，父亲本可以不参军上战场。但那时刚刚翻身解放，解放前习惯了当兵是抓壮丁，刚刚解放动员报名参军开了几次动员会却无人报名，已经二十八岁的父亲在会上却第一个报了名，毅然决然地穿上军装扛上枪跨过鸭绿江走向了炮火连天的朝鲜战场。上了前线的父亲本以为可以到最前线跟敌人面对面地打个痛快，没想到自己却被分到了炊事班，当了一名火头兵。虽说父亲心里一千个一万个不高兴，但嘴上却没说一句话。到了炊事班后，父亲向班长提了个建议，炊事班五个人的活能不能三个人干，抽出两个人轮换着上前线，这样大家都能上前线杀敌立功。父亲的建议得到全班战友的一致赞同。有了上前线拿枪杀敌期盼的父亲在炊事班干得相当出色，在那样艰苦的环境下，不但没误过一顿饭，而且还想方设法让大家吃得好一点，父亲的出色表现得到了全连上下的一致好评。轮到父亲该上前线的时候，指导员和连长出面做工作，说老陈啊，你在炊事班干得不错，就接着干吧，让全连同志吃饱吃好，也是件非常艰巨、非常光荣的事，比你上前线杀敌的功劳还要大，你就留在炊事班继续干吧。父亲是个老实巴交的人，虽说连长比他还小一岁，指导员也比他小月份，但人家是从枪林弹雨的战场上出生入死滚过来、杀过来的，在才穿上军装的父亲眼里，是大首长、是大英雄，能把刚入伍的战士看在眼里，还给了表扬，那是当兵的莫大荣耀。沉浸在万分激动心情中的父亲一个劲儿地点头，后来静下来一想，才回过神来，自己这样一激动一点头就没有了上前线的机会，但后悔已经晚了，父亲在炊事班一干就是两年，直到仗打完了，志愿军凯旋，父亲也没能如愿走上最前线杀敌立功，上了战场的父亲最终没有拿枪上战场。

我猜想父亲是带着遗憾回国的。回到国内的父亲跟许多战友一样，脱下军装回到了地方，不同的是大多数战友带着战功走上了地方上的领导岗位，而父亲则穿着一身同样经历战火硝烟洗礼的军装回到了参军入朝前的那个小山村。

母亲的记忆里，当年父亲回村时，穿着的是一身土黄色军装，同参军走的时候一样，没有领章，没有帽徽，只是衣服比走的时候旧了，有的地方已经破了，打上了补丁。村里同父亲一同入伍上朝鲜战场的一共有三个人，一个牺牲在朝鲜战场，一个同父亲一同回到地方。那位战死的叔叔葬在了异国他乡，村里为他开了隆重的追悼会，成了全村人心目中的英雄，跟父亲一起回到地方上的那位叔叔回村时也穿着一身旧的黄军装，一样没有领章、帽徽，但胸前挂着大大小小七八个奖章，每一个奖章就是一次战功，这是父亲没有的。

那时候，乡里人对奖章与战功之类的东西并没有多大兴趣，在乡亲们的眼里，从战场上下来的人都是英雄，都是值得崇敬的。人们争相邀请自己心目中的英雄到自己的村寨、学校、工厂作报告，父亲自然也在被请之列。母亲说，那时候自己是个二十来岁的大姑娘，对英雄更是有一种崇拜和神秘的感觉，不管路远路近几乎每场报告她都参加。母亲说当时父亲极少参加这样的报告会，记忆中只有一次参加了一个比较偏僻的山村小学的报告会，并且只是简单地说了些诸如没什么战功，没什么好说的之类的话。那时候父亲还不认识虽然同村但小他十多岁的母亲，母亲虽说从心里崇拜父亲，但却从未跟父亲说过一句话。父亲的报告简单明了，母亲当时并没有多在意，大概是认为这个人嘴笨、不善言辞罢了。

父亲的确是个言语不多的人，很少有说笑的时候。没有战功、没有勋章的父亲最后在村里当了个小小的村官，一同回来的战友有的当了公社的书记，有的在县里当了官，都成了吃商品粮的公家人，唯有父亲回乡做了农民，娶了母亲，在小山村里安了家。

父亲跟母亲结婚后，从来不提朝鲜战场上那段往事，母亲也就从来不问。后来姐姐长大上学了，在学校从老师嘴里知道父亲是抗美援朝老兵，回家缠着父亲讲打仗的故事，父亲也只是极简单地说上几句，或从街上唯一的一家新华书店买来一些打仗的小图书给她，算是应付过去了。姐姐不依，总是吵着要听父亲讲自己在战场上杀敌人的故事，但父亲从不开口，闹得姐姐对父亲有很大的意见，听母亲说，就为这，姐姐有好长时间没有叫爸爸，也不跟父亲说话。

那时候，母亲和姐姐根本没有想到父亲为什么不愿提起应该是他一生中最难忘的那段往事。有一次，姐姐因为一件小事同邻居家孩子吵架，邻居家孩子吵不过姐姐，就冲着姐姐嚷了一句："你吹牛，你爸根本没上过战场，根本没打过仗，打仗了，就有奖章，你爸爸没有奖章。"这一嚷对姐姐的打击实在是太大了，她哭着回家找父亲诉说委屈，渴望父亲能出面说句话，为她，也为他自己保点面子。但父亲依旧一言不发，只是一袋接一袋地抽着旱烟，一个人默默地沉思……姐姐后来对我说，那一刻她真的信了那个邻居家的小孩，怀疑父亲到底上没上前线，从此，父亲的形象在姐姐心中打了个大大的折扣，已不再是英雄。父亲对姐姐的反应也不在乎，依旧默默地领着全村老老少少在这块贫瘠土地上一刻不停地开垦着希望。在父亲的带领下，极度落后闭塞的小山村焕发了勃勃生机，在全县、全省都有了名气，成了全国学大寨先进单位，周恩来总理亲自签发奖状嘉勉，作为领路人的父亲依旧没有获得任何奖励，依旧没有一块可以挂在胸前的奖章，直到离开爱他的妻子和儿女，离开他深深眷恋的这块土地……

是的，从父亲战友的讲述中，我们知道了父亲在战场上的往事，上了战场没到前线杀敌的父亲真的没有战功，但他的战友记住了他。领着全村人战天斗地，创造了一个又一个辉煌的父亲依旧没有勋章，但乡亲们记住了他，每年的清明节父亲坟前那一堆堆纸钱寄托着乡亲们的无限哀思与怀念……

安息吧，父亲！没有战功，没有勋章，但在我的心目中，你永远是让我们引以为傲的英雄……

母亲的二十根火柴

火柴,母亲习惯叫它洋火,每每触及这小小的洋火棒,我则思如泉涌。

我是一个苦孩子,不满一岁时,父亲就英年早逝,是母亲含辛茹苦把我们几个孩子拉扯大的,那其中母亲吃了多少苦,受了多少累是谁也说不清的。那时村子里很穷,有父有母的孩子也很少有读完初中的,但母亲却供我读完了高中,我每个学期的学杂费是母亲起早贪黑挖山药攒足的。现在每每看到母亲那佝偻瘦弱的身子,我心里就一阵阵发酸……

母亲是把我们几个孩子捧在手掌心里带大的,她为人低调随和,特别慈祥,很少有生气的时候,在记忆中母亲只打过我一次。那年我才满八岁,一天放学回家,实在是饿极了,加上小伙伴的怂恿,跟着几个同学钻进生产队的玉米地,偷了几个玉米棒准备烧着吃,不巧被母亲撞见,母亲十分生气,狠狠地打了我一巴掌,并要我把玉米棒送到队里去。吃晚饭前，母亲把我们姐弟几个叫到一起，对我的"偷盗"行为再次提出严厉批评，并对我们约法三章，不是自家的东西，不管是公物，还是私物，哪怕是一针一线，也决不能伸手。母亲对我们说："没父亲的孩子更要争气，更要有志气！"

我上小学三年级那年，家里养了两只老母鸡，全家也就只能靠鸡下蛋换点油盐，那是全家唯一可以靠得着的经济来源。有一次我背着母亲从鸡窝里拿了一个鸡蛋，准备拿到供销社换点水果糖吃，小伙伴常常拿家里的鸡蛋换这些零食吃，我却从没有吃过，那是我做梦都想尝一尝的。不巧被母亲发现，当场就严厉地批评了我一顿。当时我心里好不委屈，心想：不就是一个鸡蛋吗？别人家的孩子想要什么有什么，我想尝尝水果糖是啥滋味也不算过分吧。母亲望着我那副委屈的样子，忍不住一把把我搂在怀里，流着泪对我说："平儿，不是妈心狠，不让你买糖吃，那鸡蛋，妈是要攒着为你买一个新书包的，别人家的孩子有新书包，我平儿也要有！"这时候我才懂得为什么母亲生病时，姐姐为她炒了一个鸡蛋，母亲会发那么大脾气，那都是为了让我有一个新书包啊！

高中毕业后，我报名参了军，临别的那天早晨，下着毛毛雨，母亲一直把我送到车站，一路上母亲没说一句话，只是用她那双苍老的手紧紧地握着我的手。临上车时，母亲突然背过身去，望着雨中母亲的背影，我分明感觉到母亲在哭，我是她唯一的儿子啊！临别的那一刻她是多么想多看儿子几眼，但她又不想让我看到她在哭……

母亲虽然读书不多，但她看问题常常要比别人看得透、看得远。上次寒假回家，我跟姐姐说起毕业分配想去沿海条件好的地区，母亲知道后，很是不高兴。晚上，母亲把我叫到一边，语重心长地对我说："平儿，你能上军校，全靠有个好社会，国家花那么多钱供你上大学，毕业了，怎么能挑肥拣瘦呢？分在哪儿不都一样吗？部队哪儿要你就该去哪儿，不兴自个儿想去这里那里的，你是从山沟沟里走出去的孩子，可不能忘本啊！"母亲的一席话说得我心里好不羞愧，望着母亲那苍老慈爱的目光，我不由得低下了头……

今年春节，我从学院放假回家，正碰上母亲病重住院，我是陪着母亲在医院过的年。节日的医院，空荡而孤寂，一天早晨，母亲从昏睡中醒来，吃力地问我："平儿，妈病重记不清今天是几号了，你只有二十天假，也该回学校了吧？""不，妈，还早呢！"我不想骗母亲，是想给学校发个电报续几天假，再照顾几天病重的母亲。母亲慈祥地望了我好久，从枕下摸出一把火柴递给我："平儿，你数数有多少根，那是妈妈从你回来那天开始攒的，够了二十根你就该回去了。"我捧着那一把火柴，禁不住失声痛哭起来，一旁的医生护士也为之动容。那绝不是二十根普普通通的火柴，那一根根小小的火柴棒凝聚着母亲多少真挚的情和无私的爱啊！就这样我在病房里告别了病重的母亲，按时回到了学院。

母亲为我苦，母亲更为我乐，那是收到我立功受奖喜报的时候。前年我因为工作成绩突出，荣立三等功，立功喜报寄回家，母亲高兴得好几夜没合上眼。春节回家探亲，母亲总爱叫我戴上军功章，望着我胸前的军功章，母亲笑得好开心。看着母亲那开心的样子，我想，这枚军功章应该也有母亲的一半啊，后来，我把那枚军功章留给了母亲，母亲找了一大块红绸布把军功章包了一层又一层。是的，军功章是该属于母亲的。

人们都说，母亲是写不尽的，我深信。我曾用不同的语言，不同的笔调写过母亲，但每次总有一种没有穷尽的感觉。是的，母亲是写不完的，人世间更有写不尽、说不完的母爱！

后记：这是我第一篇写母亲的文章，也是写的时间最长的一篇。前前后后整整写了六年，直到1995年1月27日在《火箭兵报》上以"母亲的二十根火柴"为题发表后，才算落笔。这期间，中央人民广播电台于1990年12月26日的《农村节目》和1995年的3月18日的《军事生活》节目中分别以《母爱》《写不尽的母爱》为题播出，《火箭兵报》《池州日报》《怀化日报》等数十家军地报纸也相继发表该文。1995年，在由第四次世界妇女大会组委会宣传动员委员会，民政部、总政组织部、武警总部和全国妇联主办的全国百家报刊《绿的奉献》全民书信征文活动中，获二等奖，并作为优秀作品收入《绿的奉献》一书。

想念父亲

> 这是一棵人生道旁历尽春秋、枝繁叶茂的智慧树，钟灵毓秀，满树的玄想之花，心灵之果，任人随喜观赏，止息乘荫。只要你不是闭目塞听，深闭固拒，总会欣然有得。
>
> ——题记

父亲，在我不满一岁时去世了。这些年来，我见到和听到的，亲身体验到的，甚至刻骨铭心的，是另一种现实，另一种生活。您可知否，每年的九月初十我们分外思念您。您的生日，我们做儿女的从来也没搞清楚，但您离开我们的那天正好是母亲的生日——九月初十，这个日子我们刻骨铭心地记着……

父亲一生为公，在世的时候，从没好好地过个生日，母亲虽多次询问，也想给父亲过个像样一点的生日，父亲总是笑着说毛主席都不兴过生日，他这个小兵还过什么生日，父亲是抗美援朝的老兵，但他总是自豪地称自己是主席的小兵。

那一年,一入秋,父亲的病一天天加重,母亲心里清楚父亲留给我们的时间不多了,很想为他过一次生日,但父亲仍然坚持不过。母亲知道父亲的脾气,也不再坚持。每天总是想方设法给父亲做点好吃的,精心照料着病危的父亲。突然有一天,父亲在昏迷中醒来,对母亲说:"孩子妈,今天炒几个菜,我们全家吃顿团圆饭吧,算是给我过个生日。"母亲当时很惊讶,但没细想多想,倾全家之所有,张罗了一桌饭。

那顿饭是我们全家吃得最香的一顿饭,父亲很高兴,精神状态也出奇地好,跟母亲说了很多话。没想到的是,这顿饭竟是父亲和我们全家人吃的最后一顿饭。没过多久,父亲就永远地闭上了眼睛,离我们而去……

后来,母亲才想起那天跟自己生日是同一天,父亲知道自己的病情,赶在他还能说话的时候,以一种独特的方式,把一个特殊的记忆留给了他深爱的亲人……

父亲去世时,我不满一岁,我当然是不记得那顿团圆饭的。关于父亲的一切,我是后来一点点从母亲那里听来的……

或许是因为岁月的辛酸,母亲平时很少提起父亲,但每年的九月初十,母亲一定会说到父亲。那一天,是父亲的祭日,是母亲的生日,而且自父亲离开我们之后,这就成了我们家一个极为特殊又特别重要的日子。时间长了,我才明白,母亲是把父亲作为教育我的偶像,要我做父亲那样的人。

我小时候的一年冬天特别冷,一天傍晚,饥寒交迫的我和哥哥跟着队上的小伙伴在生产队店屋里拿了三个红薯,还没来得及吃,不巧被母亲撞见,母亲非常生气,狠狠地说了我们一顿,并叫我们连夜把红薯送回队里去,其实那时候从生产队集体上拿点吃的是很正常的事,跟在自己家里拿东西吃是一样的,但母亲却不这样看。那天晚上,从来不轻易

021

向别人开口借东西的母亲破例从邻居家里借来大米,给我们做了一顿只有过年过节才能吃得上的米饭。晚饭后,母亲把我们姐弟几人叫到一起,语重心长地对我们说:"大炼钢铁那年,你们父亲为了支持全民大炼钢铁,把家里刚盖好的三间瓦房无偿地让给了集体,没要一分钱。现在你们可好,竟然随便拿集体上的东西,这像什么话,要是你爸还活着的话,肯定一样不能让你们这样做……"讲着讲着,一向特别坚强的母亲已泣不成声……那一次,母亲讲了许多关于父亲的事,从母亲的讲述中,我仿佛看到了父亲,以后的日子里,每每我的私心有所萌动时,父亲的形象便萦绕在我心头,我顿觉无地自容。

1989年春天,我应征入伍。当时家中只有已近花甲又多病缠身的母亲一个人,我放心不下,去还是不去很是矛盾,整天闷闷不乐,茶饭不思。这一切都被母亲看在眼里,但母亲什么也没说,等到临走的头天夜里,母亲把我叫到一旁,拉住我的手对我说:"平儿,那年,咱们村子刚解放不久,你爸爸就报名参了军。那时候外面还在打仗呢,家里还有你两个姑姑,你爸爸把两个姑姑托付给一个亲戚,就上了抗美援朝的前线。你爸爸可没有像你这样牵三挂四啊,是小家事大,还是国家事大,你能掂不出个轻重?你不要挂念妈,妈这几年还能撑着,只要你在队伍上有出息,对国家有贡献,妈就算苦一点儿、累一点儿,又有什么呢?"我把母亲的一席话记在了笔记本的扉页上,更记在了心上。以后的日子里,每每我在信中流露出对母亲牵挂时,母亲总会很快托人寄来书信,在信中一遍又一遍地给我讲父亲在朝鲜战场上的故事,每每读完母亲的信,我就深感惭愧,再也不敢对母亲说想家了。

我刚入伍那阵子,分在长年驻守在深山老林的工程连队,条件非常艰苦,曾一度心灰意懒。母亲从信中读出我的这份心情,托人写来一封长长的信。信中说:"平儿,比比你爸爸吧,当初他就是冲着上前线才当的兵,可一入伍就分在炊事班,别人在前线杀敌立功,可你爸爸却只有做饭的份儿。后来你爸爸常常对我说,当时上不了前线可真是憋得慌、急得慌啊,那时候就是冲着能上前线杀敌才参的军,谁不想上前线跟敌人面对面地干?你爸说想归想,有想法、有意见也只能放在心里,不管怎么样也要在炊事班干好自己的那份差。你爸在炊事班拼死拼活干了一年多,没误过一顿饭。战后评功评奖,上前线的战友立功的立功受奖的受奖,你爸什么也没有,但他啥也没说,依旧在炊事班老老实实干着自己的工作。后来,仗打完了,同乡一起参军的战友有的提了干当上军官,有的转业到地方也当了官,可你爸转业后却当了一名不吃官粮、不拿工资的村干部,他依旧没啥想法,整天为村里事忙得顾不上家。"母亲用父亲在朝鲜战场上的故事启迪我、教育我,要我像父亲那样踏踏实实做人。

今年春节,我回老家给父亲扫墓,走在大雪覆盖的山坡上,一串串大人小孩的脚印格外引人注目,那是一条通往父亲墓地的脚印,我知道那是祭奠父亲的乡亲们留下的。父亲的墓前已有人烧过几堆纸钱,墓也培过新土。我知道乡亲们已先我来看父亲。

阔别多年的乡亲们对我是极热情的,我知道这热情蕴含着乡亲们对父亲的一种深深怀念。乡亲们见了我,都要说起父亲,讲父亲的为人,叙说父亲当年对他们的好处。他们说"大老陈"是个真正的好人。一位老大爷指着满山遍野的松树林,含着热泪对我说,那是当年你父亲顶着公社革委会所有山坡都要开荒种粮的指示,拖着病弱身子,带着乡亲们种上的。为了这,你父亲被革了职。现在这片林子成了材,每年轮伐,每家每户至少多收上千元,乡亲们在这实实在在的实惠中真切地感受到了你父亲当年的胆识,乡亲们记着他,想着他啊!驻足在这片松树林前,不知为何,心竟随着那阵阵松涛而剧烈地跳动……我不知道长眠于地下的父亲听没听到那阵阵松涛,我想父亲是能听到的,因为那是乡亲们的声声呼唤啊!

今天是父亲离开我们二十八周年,独在北京的我,更加深切地感受到父亲对我"无言教育"的重要，无限怀念之余，写下此文，感谢父亲无声的教育……

后记：我幼年丧父，是在母亲的关爱下长大的，我的笔常常触及的是母爱之情，很少提及父亲。直到去年，我近而立之年，儿子也近三岁，为人父的我看到儿子一天天快乐地长大，欣喜之余，心底深处常常不由自主地涌起对父亲的深深思念之情。我想，我在那么一个艰苦的家庭里长大，从那么偏僻的小山村里走出来，我脑海里没有印象的父亲实际上给了我无限的精神指引，给了我无限的前行动力，我能一步步坚定地、阳光灿烂地行走在生活的路上，我要感谢我的父亲。写下此文后，投寄《解放军报》，2000年10月13日《解放军报》刊出，不仅是对父亲的深深怀念，也是对自己的勉励，我告诫自己，一辈子要像父亲那样认认真真做人，做一个真正的好人。

娘在京城

　　按母亲的话讲，这辈子要是能去趟百里外的县城就算没白活。已过花甲之年的母亲在小孙子出生之后，却到了做梦也不会想到会来的首都北京。这不仅母亲没想到，就连村里见多识广、早年曾到过北京还见到过敬爱的毛主席的老支书也不会料到，像母亲这样大字不识几个的妇道人家，居然也会到北京，并且一住就是三年，那可是一千多天呢！老支书当年来北京参加表彰大会，充其量也就是几天的事，仅从住在北京的时间来看，老支书就自愧不如。

　　母亲把自己年近古稀居然能到北京住上几年归于小孙子的功劳，母亲说是小孙子领他来北京的。

　　母亲从乡下到京城，最麻烦的一件事是语言不通。母亲讲我们那地方的方言，北京人听了比听外文还费劲，外文还有个规范，而母亲讲的方言只有我们那地方人才能听懂。我们那地方很偏僻，距最近的一个乡镇所在地也有二十多里的山路，平时山里人自给自足，除了不得不与山下交换点山上没有的物品外,很少有下山的,与外界封闭得很严实,方言也格外重。妻听不懂母亲的话,平日里我就当她和母亲的翻译,碰到我出差,母亲跟妻之间就只能靠手势交流了。我从老家出来早,加上后来很少回去,有些老家的土话也听不太懂。碰到我翻译有些吃力,或者不准确的时候,母亲一准儿会说上我几句,无非是批评我"穿了皮鞋就忘了穿草鞋的日子",甚至把听不懂老家方言上升到忘本的高度,给我扣上一顶大大的帽子。说不喜欢也好,说忘本也好,扣上大帽子也好,我也没真的在意。我在意的是儿子长大了是不是像他奶奶一样说方言土语。儿子打出生就跟着奶奶,奶孙俩形影不离,我和妻担心长此以往,等儿子长大了也说一口的土语,那岂不是太糟糕了,怎样与小伙伴们交流相处呢。尽管我和妻小心翼翼地做着一些补救工作,尽可能让母亲没有什么介意,但我们的良苦用心还是被母亲看得一清二楚,并在这件事上表现出极大的豁达,不但没有任何不满,而且还表达了一份让我们无法接受的歉意。一天,母亲突然找到我,说她想回乡下去住。我问:"为什么,回乡下去您能舍得涵子吗?"母亲说:"不舍得也得舍得,我讲一口土话,怕涵子跟我学,那不是耽误了他。"我说:"您就别想那么多了,您离不开小孙子,再说孩子学点方言土语也不是什么坏事,您不是说我听不懂方言土语是忘本吗?让涵儿学点老家的话,也算是让他记着根吧。"我极力宽慰母亲,想留住母亲,但母亲坚持要走,说:"涵儿不像你,人家从小就在京城,就是北京人了,北京人就讲北京话,再讲老家的方言土语,别人是会笑话的。"母亲坚持要在涵儿学说话的时候,离开一些日子。没办法,为孙子不受土语方言的影响,老奶奶心里一百个舍不得、丢不下,但还是义无反顾地离开京城回了乡下。

　　母亲到北京,除了照看好宝贝孙子之外,还有一个迫切心愿,那就是到毛主席纪念堂去看看恩人毛主席。母亲一直叫毛主席恩人,我有时候直呼主席的名讳,母亲听见了,总是要说我一顿,说我这是对恩人不敬，也是没有教养、不知事理的表现。我理解母亲对毛主席的那份感情，每次母亲只要一批评，都马上自我批评，深刻反省自己一番。有一次，我有意无意地问母亲："是毛主席大，还是皇上大？"母亲马上严肃起来，十分认真地说："皇帝能跟毛主席比？你以为人见了都下跪的人是真的了不起？毛主席在世的时候可从没要人见了就跪，但全中国人都打心底敬爱他。皇帝的儿子是太子，见了太子大臣都得跪，太子长大了要做皇帝，毛主席的儿子做什么？到朝鲜战场打仗！那么好的一个儿子就牺牲在了那里，葬在了那里。就冲这一点，历朝历代哪个皇帝做得到？当初，你父亲跟谁都不提到朝鲜打仗的事，但跟我，单单就毛主席儿子上朝鲜战场、牺牲在朝鲜战场上的事提了好几次，你父亲跟毛主席的儿子相差一岁，都上了朝鲜战场，人家可是主席的儿子啊，你父亲那可真是从心里佩服啊！"没想到我不经意的一问，竟唤起母亲久远的回忆，让母亲如此激动。

在北京期间，母亲先后三次到天安门广场，别的不看，专门去瞻仰毛主席的遗容。前两次纪念堂都因为种种原因没有对外开放，第三次好不容易赶上开放，母亲排了将近三个小时的队一步一步向前挪，好不容易快到了，因为长久站立，加上身体不好，母亲支撑不住差点休克，母亲坚持要看，我害怕发生什么意外，左劝右劝，反复许诺等些日子一定接她来，一定让她能看到毛主席。也许是我的真诚起到了作用，加上母亲实在有些支撑不住，总算答应回家，说好等下次再去。后来，又不巧赶上纪念堂关闭整修，我无法兑现承诺，只得不断地宽慰母亲，说以后有机会再去。没想到直到母亲离京回乡，这个迫切心愿也没有了却，母亲是带着遗憾回乡的。

在京城，母亲有很多地方不习惯，其中最不适应的是与左邻右舍的相处。母亲在乡下生活惯了，不要说左邻右舍了，就是周边四乡八寨的人家都很熟，大家都上下来往，谁家有什么事，母亲都会去看的。都市生活却是相对封闭的，一幢楼里住着几十户人家，哪怕是上下左右的邻居，也很少往来，大家相邻生活了好几年，也不知邻居姓什么叫什么，见面了能相互笑笑点点头就算不错了。对这一点，母亲始终想不通，都说城里人文化高、见识广，怎么比乡下还小家子气？一家一户隔得严严实实，门上装防盗门，窗子上装防盗窗，嫌城里人活得累。特别是那防盗门上的小猫眼，母亲特别反感，她认为整天就这样过生活没什么意思。我理解母亲对这种生活的反感和不解，其实我也与母亲有同感，但这就是都市人真真切切的生活，大家或许都会感到无奈，但又不得不日复一日地这样过着日子。我虽久居都市，但时常回忆起少年时老家那淳朴平和的乡居生活，依然怀念那样的日子，但那也只能是回忆中的生活了，已作别乡村故里的我还得在如此都市中这样生活下去。

母亲在京城另一个不能接受的就是浪费。母亲有句口头禅——浪费就是最大的犯罪，常常拿这句话来教育我们俭朴度日。我猜想这句话一准是"三反五反"的时候，母亲记下的，否则从母亲嘴里说出的话没有这样文绉绉。城里人畅快地用自来水是饱受缺水之苦的母亲一直羡慕不已的，但母亲对城里人随意用水却深恶痛绝，坚决反对我们用水大手大脚，要求我们洗脸洗脚、洗米洗菜取少量水，并坚持水的循环使用。家里不管谁用水不注意节俭，哪怕是不经意间关水龙头晚了一小会儿，母亲都会说上几句。有一次，楼道里有个公共水龙头坏了，水关不严，当时正巧我们都不在家，母亲不知找谁来修，先是把家里能装水的东西都找出来接，最后实在没东西接了，母亲干脆自己找来东西堵，费了好大的力气，身上被水浇透了，才好不容易堵上，为这，母亲得了场大病。事后我埋怨母亲："您太不关心自己身体，拿一身老骨头当儿戏，那水龙头就是我们年轻人想堵也不是那么容易，何况您这身子骨？"母亲说："看着那水白白地流掉了，就是真的心痛啊！"母亲这般心情，我只能默然，我能再说什么呢。

母亲回到了她生活惯了的乡下，又可以跟邻居们心无芥蒂地聊着家常，讲着她那浓浓土语方言，不再担心有谁听不懂。依旧过着缺水的日子，自然是惜水如油，也就不再为浪费水而心痛了。不能排遣的是回到乡下的母亲对宝贝孙子的牵挂，还有就是至今也没能看上恩人毛主席一眼，没有了却那份心愿……

不知住在乡下的母亲什么时候能再来京城长住，但我想母亲迟早是要来的，尽管母亲并不觉得京城比乡下有什么好，但京城毕竟有个小孙子和一桩未了的心愿，就冲这，讲着方言土语的母亲还得来京城……

父亲的碑文

父亲出生于 1922 年 12 月 25 日，老家解放那年，父亲从山下把刚刚渡过长江、乘胜追击国民党残匪的解放军队伍领上了山。在这之前，父亲只是一个日子过得艰难的贫苦农民，识字不多，也很少走出大山。他对外面的世事知之甚少，更谈不上有革命的理想和行动，能有这样的勇气和胆识，也许是出于改变生活的本能吧。

新中国成立后的第二个春天，已过了二十八岁生日的父亲毅然决然地报名参了军，同几个比他小近十岁的同村青年成了村里第一批新中国军人。父亲参军时，我的爷爷、奶奶都已过世，按照老家的习俗还冢在地面，还未入土为安。父亲的大妹（我的大姑），八岁就做了人家的童养媳，父亲的小妹（我的小姑）还没出嫁，她们都坚决反对他报名参军。那时候刚刚解放，有些地方还不安定，失去父母双亲的两位姑姑怕父亲这一去回不来，家里就再没有靠山了。再说父亲那时还单身没有成家，假若当了兵，成家这事就更没有个准头，姑姑们是替父亲设身处地着想。

但父亲参军的态度十分坚决，谁也拦不住，两个姑姑拗不过，也只能让步，但条件是父亲离家前必须把爷爷奶奶安葬了，让两位老人入土为安。那年春节回乡与家人说起这事，已近九十高龄的大姑仍泪水涟涟。大姑说父亲那时态度特别坚决，她和小姑只能提出这个条件要求父亲这么安排，否则父亲当兵一走，万一要是回不来了，那父母双亲说不定都不能入土为安了，在我们老家，这是做儿子的责任。父亲最后办完了老人的后事，处理了家中仅有的三间茅草房，义无反顾地走上了抗美援朝的战场。那时的父亲究竟是怎样的心情，我不敢妄加揣测，但我想他那时肯定是满怀激情而又理智的，他一定是放下了一切私情的牵挂，做了最坏的打算，只有这样，他走向战场的步伐才能那样坚定而无怨无悔。

二十八岁的父亲参了军，走出了大山，走向异国他乡，走向炮火连天的战场。

父亲报名参军，成了村里不小的新闻。村里人说陈伢子这一走恐怕是没想着回来了。抗美援朝战争胜利后，父亲穿着一身泛黄的土布军装回了村，胸前没有军功章，回来后也极少跟人说起战场上的事，这几年，父亲的军旅生活也许真的很平淡，平淡得连他自己都不愿提及。

父亲后来当上了农村合作社的领导，带领乡亲们开始了热火朝天的农业社会主义建设，在荒坡上植树种茶。经过近五年的奋斗，大山深处的那个偏僻村庄发生了天翻地覆的变化。1958年，周恩来总理亲自签发奖状，嘉奖我们大山营（现为大山村，编者注）为农业社会主义先进单位。如此殊荣，让山村沸腾。母亲说父亲非常激动，与进京领奖的支书彻夜长谈，一遍又一遍地问他在北京人民大会堂领奖时的情景，几乎问到了所有的细节。母亲说父亲那时的激动真是很少见，是真的难以自抑地内心激动了。在获此殊荣整整五十年后的2008年，市里提议在家乡大山村修建一座荣誉坊，建议让我来写上面的铭文。开始我再三推辞，可负责筹备的同志说，让你来写是出于对父辈的一种纪念和告慰。这让我非常感动，时隔这么久，乡亲们依然念着父亲的好，听母亲说，现在每年清明节，都会有人自发地去父亲的坟前祭奠。

父亲在为公家做事的那些年，我们村是学大寨先进典型，又是生产出口红茶的地方，来的人多。来了客人，父亲都带回家中安排吃饭。那时候家里人吃饭都成问题，但父亲似乎并不考虑这些。很多时候，家里根本拿不出什么像样东西来招待客人，父亲在正堂陪着客人说话，母亲就悄悄地从后门出去到邻居家东借西借地找些拿得出手的来招待。我不知道父亲究竟知不知道这些，知不知道母亲的难处和无奈，母亲很少会跟父亲讲这些，她知道父亲的性格，面子比什么都重要，而为此受的苦，母亲只能悄悄地往肚子里咽，一个人扛起。

一心为公的父亲也会自责和不安。在我老家现在仍保留着一个篮球大小、红褐色似铁非铁的球体，那是当年全民大炼钢铁的"成果"，也是父亲一生都没有放下的内疚。当年，为了响应全民大炼钢铁的号召，父亲把家里盖好不久的三间瓦房带头捐了出来，用拆下来的木材做燃料，动员全村人把家里能用来炼铁的东西都捐献出来，土法上马炼钢。结果钢没有炼出来，全村人家里的铁锅铁铲之类的生活用具都化成了这些圆球疙瘩。父亲深感内疚懊悔，一家人寄居在别人家的角屋里，他倒没觉得有什么，可看到全村人都跟着他受委屈他就心痛不已。父亲把那些圆球疙瘩整齐地码放在一起，并从中找出一块放在家中。母亲说父亲这么做，一来是为了提醒告诫自己，二来还想着有一天能把这些放回到高温炼钢炉中炼出真正的钢。直到父亲病逝，这个遗愿也没能了却。

父亲离开这个世界已经整整四十二年了。他在这个世界生活了还不到五十年，生命可谓短暂。他在这个世界也没有留下更多壮举和精彩，生命可谓平凡。又是一年春暖花开，又是一个春雨绵绵的清明时节，写下这些文字，献上作为儿子对平凡父亲的无限思念，作为军人对一位从战场上走来胸前却无军功章的老兵的崇高敬意。

老屋

　　老家一位本家远房兄弟突然打电话来，跟我讲了许多老家的事，末了，说到了我家的那间老屋，堂弟在电话里说老屋好多年没人住了，看起来很破烂，问我是不是该找人修一修。老屋看起来很破烂，那是自然的事，我也知道，并不觉得突然，但接了堂弟的电话心里还是"咯噔"了一下，一时不知该怎样答复，只好说等我想一想再说，匆忙挂断了电话。

　　我猜想多年不住的老屋八成是倒了，否则堂弟是绝对舍不得花钱从几千里外的老家打长途电话来的。老家是个十分偏僻的小山村，虽说现在吃饭已不再是问题，但钱还是很难挣的，乡里人用钱恨不得一个掰开来当两个花，村里前两年通了电话，但老家的亲戚有什么事还是舍不得花钱打电话的，一直还是写着信。姑姑说打电话还没说几句话，就是好几块钱，太贵了，写信想说什么就说什么，寄出来，才花两毛钱，比打电话划算多了。这次堂弟破天荒地打来电话，一准是觉得这事很急，又很重要，堂弟之所以舍得花钱先从别的地方说起，最后才慢慢地扯到老屋的事上来，并且还是轻描淡写地提那么一句，我想大概是因为他知道老屋对于漂泊在外的我来说，是多么重要，老屋在我心中有多重的分量……

其实，现在的这栋房子，严格地讲，是算不上老屋的，是后来重新翻盖的。记忆中的老屋四周是土筑的墙，中间用木头隔成一个正堂，左右两间厢房，正屋的东边接了间小屋，是灶房，屋顶上盖的是茅草，每年都要换一次新草。那时候村里都是草房子，尽管看起来很寒酸，但草屋冬暖夏凉，虽说那时候我还不知道唐朝大诗人杜甫的成都草堂在后人的心目中是那般神往与圣洁，但觉得住在草屋里也挺不错的。唯一叫人觉得不好的是草屋每年要换一次新草，这样的事对别的人家来说算不了什么难事，但对我们家来说，就是件很难的事了。父亲早逝，家中没有壮劳力，上山割草，把成捆成捆的茅草盖到屋顶上去这类重活都压在了瘦弱的母亲身上。那时候，我虽刚记事，但看着母亲那样辛苦劳累，心里十分难受。我的三个姐姐和一个哥哥年龄都不大，身体又很单薄，都在一旁十分吃力地帮着母亲。我从心底渴望着能早一天住上瓦房，那样，母亲就不用每年都这么劳累了。

人常说，穷人家的孩子早当家，这话说得实际。上小学时，我常常用竹子做的笔杆套着同学丢弃的铅笔头用，就是那样的笔也舍不得随便用，只有做正式作业才用，平时做练习都是用木炭在木板上写，写完了用水冲洗，晒干后再写。那时候，心里只有一个念头，就是把能省下来的钱一分一分地攒起来，多买一块盖屋的瓦，一门心思想着让母亲能少受点苦和累。虽然我也知道自己的力量是那样的微乎其微，但我那时的信念竟是那般坚定，坚信自己的努力一定能让母亲脸上露出笑容，那是苦难中的我们最大的渴望。在我心目中母亲是世上最苦最累的人，让母亲幸福是儿时的我最大的追求……

后来，村里草房子渐渐地都翻盖成了瓦房，我家依旧住在每年都要换草的草屋。大队支书找到母亲说："村里别的人家都盖了瓦房，就剩下你们家是草屋，老营长是抗美援朝老革命，我们也应该照顾照顾，村里凑了点钱，帮着把草房子给整修一下，换成瓦房。"母亲说："老陈临死的时候再三叮嘱，不要向公家伸手要照顾，我们再苦再累也不能要大家的钱，就是要了，老陈也不答应啊！"大队支书说："那就算我们公家赔偿你家的，当年大炼钢铁，老营长把自己家的三间瓦房让给了集体，才盖了这么个草房，从这一点说，我们也该帮你，算是赔偿。"母亲说："那事早过去了，当年老陈让出房子没要一分钱，没提什么条件，那是我们自愿的，现在要是再说什么赔偿，那就违了老陈的意愿，我以后去见他，怎么跟他说呢？他会怪罪我的。"不管大队领导怎么劝，母亲坚决不同意拿集体的钱修房子，我们家继续住在全村唯一的茅草房里，茅草屋也渐渐成了村中一景，被全村人评说着……

那栋茅草老屋直到我上初中时，才翻修成瓦屋。母亲靠挖山草药，靠拾毛竹梢，靠养猪种菜一分分地攒钱，还清了父亲当年住院治病欠下的债，又一分一分地攒买瓦的钱。我记得那时候母亲经常叫我算一道算术题，母亲说一块瓦是六厘钱，现在家里攒了多少多少钱，算算能买多少瓦。这是道极容易的算术应用题，数学成绩很好的我每次都极快地向母亲报告了得数，并且精确到半块甚至四分之一、六分之一块，母亲笑着说，以后算到整块就行了，咱家不买半块瓦。这样的算术题算了一次又一次，每次母亲都会心地点点头，我知道母亲心中有个数，那是换瓦房需要多少块瓦的数字，母亲没日没夜地劳作，为的就是早一天凑足买瓦的钱，让我们也能早一天住上瓦房。有一天吃过晚饭，母亲悄悄地把我拉到一旁，对我说："平儿，你再给妈好好算算，现在妈攒了一百七十七块六角钱，能买多少？"我说："妈，不用算，添上两元四角钱，就能买整三万块。"母亲听了没说话，刚才一脸的兴奋又没有了。我猜想三万块一定是母亲心中的那个数目，就对母亲说："妈，没关系，你每年过年不是给我和哥哥姐姐一人三毛钱的压岁钱吗，我们都没舍得用，我们都把钱交给你，凑足一百八十块钱，买上三万块瓦，咱们家也能住上瓦房子了。"母亲说："那不行，妈实在是没法子，一年才给你们三毛压岁钱，怎么还能要回来呢？比起别人家的孩子，你们跟妈吃了很多苦，这妈心里清楚，妈总觉得对不住你们。"我说："妈，比起别人家的妈妈，您有多苦，有多累，我们心里更清楚。"母子泪眼相对，不禁失声……

我发起的收缴行动达到了意想不到的效果，居然从姐姐和哥哥那里筹到了三元多钱，加上我自己的六角钱，不仅凑齐了一百八十元买瓦的钱，而且还多出一块多。母亲征求我们的意见，说："这剩下的钱是请人帮忙把瓦从瓦场运到家里，还是不请人，我们自己动手往家搬，用剩下的钱买上二斤肉，全家好好吃一顿？"母亲知道，一年多了，家里没吃过一顿肉，连炒菜的油每次都放得很少，她觉得这样实在是太苦了我们，一直想着让我们能美美地吃上一顿肉，了却她的一桩心愿。我们几个不用商量，一致同意用剩下的钱买肉吃一顿，三万块瓦我们自己搬。

那顿肉吃得极香，虽说远远没有过瘾，但却让全家感到极大的幸福与快乐。

那三万块瓦搬得极顺利，用了整整五天的时间，把瓦从瓦窑场搬到了家里，没有碰碎一块。

草屋终于换成了瓦房，虽说是全村最后一家，但我们仍按捺不住内心的激动与自豪。

后来我们都相继离家到外地工作，老屋只剩下了年迈的母亲一人居住，我们反反复复做母亲的工作，劝她能搬出来跟我们住，但母亲怎么也舍不得离开老屋，直到那年得了场大病，才不得不离开老屋到了京城，同我住在一起。住在京城的母亲一直牵挂着老屋，虽相距千里之遥，但每年无论如何都要回去看一看。为了让母亲回去时看到的老屋不太凄凉，让她有个好心情，每次我都事先找人把老屋维修打扫一番，但毕竟是几十年的老房子，加上好几年没人居住，风吹雨淋，老屋一天天地老去了。这次我想大概是倒了，假如真的倒了，我该如何向母亲说呢？我自己又将如何承受？

老屋啊老屋，风风雨雨中走过来的你，真的会倒吗？岁月交替，世事沉浮，我想老屋留给我的记忆如同母亲给我的教育，将是永远铭记在心的。

或许不可能再见老屋，但我会永远记住我生活过、歌唱过、哭泣过的这座老屋，老屋的艰难日子已成了我生命链中不可或缺、不容置换的一环。

生日

儿子是1998年3月18日出生的。从第二年开始，每年的3月18日，不管有多忙，全家都会坐下来，认认真真地准备一番，为儿子过个热热闹闹的生日。头两年，儿子尚不知事，对过生日没有什么奢望，只是见全家人这一天都乐呵呵的，就跟着傻乐。随着儿子一天天长大，懂的事多了，对自己的生日也开始关注起来。儿子出生的那天正巧是个雨雪天，我们告诉了儿子，他就记住了自己的生日是个天冷的日子。从天一转冷就开始念叨，时不时就问我们什么时候吃蛋糕。儿子把过生日看作一件快乐幸福的事，全家人也把这一天当作节日过，其乐融融。

儿子是幸福的。他可以快乐地盼望自己的生日，可以幸福地在生日那一天享受所有爱着他的人送去的礼物。我在为儿子幸福快乐而幸福快乐的时候，常常想起自己的童年，想起自己童年时过生日的那些点点滴滴……

我出生在一个十分偏僻的小山村，那时候还没搞计划生育，孩子一个接一个地生，谁家的孩子都多。孩子一多，大人就顾不过来了，有的父母连自己孩子的名字都是随便那么一叫，记不清楚孩子的生日自然就不见怪了，也很少有人会记着过生日这档子小事。我家兄弟姐妹多，加上父亲去得早，母亲没日没夜地劳作，含辛茹苦地拉扯着几个儿女艰难度日。母亲在那样艰难的日子里让我们这几个孩子不饿着肚子，并且到了上学年龄都进学堂读书，是非常不易的。我开始记事的时候，大姐就开始告诫我一定要听话，要懂事，要体谅母亲的难处。当时我记得最深的一句话，就是"穷人家的孩子早当家，穷人家的孩子更要懂事"。我们兄弟姐妹几个对过生日从没有任何奢望。每次我们几个不管谁快到生日了，提前好些日子，大家都互相提醒，格外小心，缄口不提自己生日的事。我们知道，母亲是个心细的人，特别是父亲离开我们之后，更是精心地呵护着我们，靠自己艰辛的劳作尽可能地为我们创造着生存下去的条件。那样的年月，有父有母的孩子，饿死、病死的并不少见，母亲能把我们养活，是一件在别人眼里都难以想象的事。我们心里都知道，母亲为了我们，付出了太多的艰辛。我们从内心深处感激母亲，在情感深处心疼母亲，怕母亲为我们的生日分神忧心，我们只想让母亲能轻松一点。

但我们所有的小心都是徒劳。整天忙忙碌碌的母亲把我们五个孩子的生日早就熟记于心。每次我们中有谁过生日了，那天晚上，母亲都会想方设法改善一下伙食，并悄悄地给过生日的孩子煮上一个鸡蛋。尽管那时候所能改善的条件有限，最多是能饱饱地吃上一顿大米饭，炒菜的时候多放一点菜油，别的是不可能的奢望，但那样的生日饭给我们留下了极其深刻的印象，那是我童年记忆里最美好、最温馨、最难忘的……

让我特别感动的是母亲对我们几个孩子的生日记得竟是那么准确。母亲没上过一天学，不识字。家中虽说每年也会想法子省下钱买一本日历，那是让我们几个读书的孩子看的，母亲是看不懂的。我至今不明白，不识字的母亲是靠什么如此准确地记住了五个孩子的生日。我们五个人中谁到了上学年龄，母亲都会亲自把他送到学校，为我们办好入学手续。至今我清楚地记得母亲送我上学的那一天的情景。报名时，被问及自己孩子的出生日期时，许多家长都说记不太清了，填的都是大致的日子。当老师问母亲我的出生日期，母亲清楚地告诉了报名老师，并且还特别说明记的农历，说乡下人认农历，就填农历吧。以至现在，我档案里的出生日期依然是农历的日子，我也一直没有作任何说明和更改，我想，这日子是母亲记在心里的，是唯一的日子。

母亲对我们生日的看重，是我们难以想象的。我十岁那年冬天，乡里组织农工利用农闲到三十里外的地方修水库，一家出一个劳动力，是义工。按常理，我家是可以不去的，但母亲坚持要去，七个乡三千多人里，母亲是为数不多的妇女。母亲不在家的日子，我觉得日子是那样难熬，心里没着没落的，一直盼着母亲能早点回家，其实我也知道，这是不可能的，母亲是要等到过年那天才能回来的。但我一直想念着母亲，盼望着母亲。

有一天夜里，外面下着纷纷扬扬的大雪，姐姐早早地就安排我们睡了。其实我一直没睡着，因为这天是姐姐的生日。尽管我们心里知道工地离家那么远，外面又下着这么大的雪，母亲是没办法回家的，但还是心存一丝的奢望，并非是想吃那一个煮鸡蛋，只是渴望能见到母亲。就在我们的那一份奢望渐渐地化为乌有，疲倦到昏昏欲睡的时候，我忽然听到屋外有脚步声，我一听就听出那是母亲的脚步声，在夜色里，在冰雪笼罩的夜色里，显得那样亲切。我忽地从床上爬起来，打开大门，见母亲手里拄了根木棍，已站在门外。我一下子扑到母亲怀里，泪水止不住地往外流……那天晚上，母亲是收完工后，冒着雨雪，深一脚浅一脚走了三十多里的山路，从工地上赶回来的，为的就是在姐姐的生日之夜，为女儿亲手煮上一个鸡蛋……

母亲记着我们的生日，十分认真地为我们过着生日，唯独从不提自己的生日，不管我们怎么问，母亲都不说。母亲说："都这么老了，还过什么生日？只要你们过得好好的，妈妈就高兴，比过生日还高兴。"

"谁言寸草心，报得三春晖。"母亲对我们的爱，我们此生何以能报？现在我们都已成家育子，为人父，为人母，更加深刻体会到母爱的珍贵与伟大。我们感激母亲，感激她在那样艰苦的日子里，给了我们如此幸福的童年。有人说，在回忆里，哪怕是一片树叶也被染上浓浓的诗意，那是因为人对流逝的岁月深深依恋。更何况像生日鸡蛋这样刻骨铭心的记忆，留给我们的，永远是那样的温馨，那么美好……

母亲的生日，我们没再问，母亲也没说。后来，我们把自己包括儿子的生日当作了母亲的生日，在我们和孩子的生日之夜，都要亲手为母亲点燃一百根生日蜡烛，那是儿女对母亲最真挚的祝福……

我们这样为母亲过着生日，如同小时候母亲为我们过生日一样……

年味

　　小时候在老家,每年临近年关,过年的气氛就一天天浓厚起来,尽管那个年代的生活是那样单调贫乏,我生活的那个山村又是那样贫穷偏僻,都影响不了年的味道一天天向心里滋长。而现在我生活的京城,到了年关,反而比平常安静了许多,街道上的人也明显少了许多,过往的车辆也比往常快了不少,喧嚣忙碌了一年的都市渐渐冷落沉寂了起来。大家见面时也都习惯问上一句"春节回家吗"?问话的和回答的也大都是在这个城市安了家的,这时候所说的回家自然是指回他们老家,那里有他们幼年成长的记忆,那里有和他们操着一样口音的乡亲,那里有哺育他们长大成人的亲人,有爹娘的家才是到了节日就想回的家。多少人到了年关,不管身在何方,不管路有多远,不管路上的积雪有多厚,什么都阻挡不了回乡人的脚步,都想在除夕回到故乡、回到爹娘身边,只想听那亲切的乡音,享受那馋人的味道。

　　有钱没钱,回家过年。回家过年在人们的心中有着非同寻常的分量。

有钱的人回家，可以风风光光，没挣多少钱的人也要回家，虽说不像有钱人那样风光鲜亮，但回家的心情一样急迫，再没钱，除夕一家人能围在一起，吃上一顿团圆饭也是温暖热闹的，这是年的味道。

小时候家里特别穷，有时候吃了上顿就没有了下顿，日子一直是过得紧巴巴的，但每年到了腊月里，母亲就要想着法子开始为过年忙碌开来。炒年货是其中必不可少的，爆玉米花、炒蚕豆、炒红薯角，这些都是自家当年种下的，年年自然都是不会少的，每年母亲都会炒上不少，就当我们平时的零食吃，开了春一开学，上学前都要在口袋里装上不少，饿了的时候可以充充饥。每年到了采茶时节，母亲带着我的几个姐姐到离家远的茶山采茶，这些炒货就是必备的也是唯一可以备上的干粮，就着山泉水，饿了嚼上几口，母亲说这样就可以省下不少往返回家吃饭的时间，就可以多采不少茶，也就可以多挣一些工分，到了年底队上分红的时候就能多分到一些工钱，也就可以过一个好年。好的年景，母亲还会买上几斤花生炒上，炒好的花生母亲要单独装在一个瓶子里，只有家里来了客人才会摆上一盘，我知道那是家里迎面子的上好东西，是不能随便当零食吃的。

熬糖是一项程序复杂、工艺讲究的活儿，在我的记忆里，母亲操持这活儿好像并不是很在行，熬制出来的糖块不是欠了火候稀了，就是多烧了一把火熬过了头焦煳了。每到那时，母亲就很愧疚地对我们说:"妈怎么就做不好这个活儿呢？今年又切不成糖块了。"邻居洪娘说:"人家的娘是只忙锅台上的活儿，你娘是一家担子一人挑，扛的是男人的担子，哪里有熬糖这样的闲工夫？你娘就不会熬糖这样的活儿。"长大了后，每每想起这些，心头就一阵酸楚，母亲一年除了大年三十和正月初一，哪天不是天没亮就出了门，为养活一家人风里来雨里往，家务这些轻活都是我们这些孩子担起来。为了我们也能在新年里吃上别人家孩子都能吃上的芝麻糖才硬着头皮去做她本不精通的活儿，这真是难为母亲了。

043

尽管不舍得把时间花在家务活上，但劳累了整整一年，到了除夕那天，母亲会放下手里的农活儿，一大早就开始忙活，把家里所有能拿得出来的东西都拿出来，变着法子忙活着除夕那顿年夜饭，尽管常年家里吃饭都是紧巴巴的，但这顿年夜饭母亲是从来不会凑合的。少说也要有十个以上的菜，并且无论如何也要备上一条鱼，讨个年年有余的彩头。有些菜也成了我们家年夜饭必有的招牌菜，记忆深刻的是肉烧红薯圆子，满满的一大锅，下面还用木炭火烧着，热气腾腾的，量足味香，一种满足后的幸福感从心底弥漫开来，那就是最真切的过年的感觉。

年的气氛不仅在吃中得到淋漓尽致的发挥，母亲亲手做的过年穿的新布鞋也给寒冬带来暖暖春意。穿新布鞋过年是我们那个偏僻山村祖辈代代传下来的年俗。那时候村里家家孩子都多，到了年关，许多家孩子的新鞋还没赶出来，而每年接近年关的时候，母亲就早早地备好了我们每个孩子过年穿的新鞋，每做好一双，就让我们试试合不合脚，按母亲的话说就是踩踩地，免得到了除夕那天穿上新鞋夹脚不舒服。过年的新鞋都是一年里母亲每天晚上忙完了手头的家务，把我们安顿入睡后在油灯下一针一线做成的。在我的记忆里，好多次在睡梦中醒来，看到母亲依旧在灯下纳着鞋底，还有好多次母亲竟坐在那里睡着了，手里还拿着做鞋的针。那时候我们都在长身体，脚也一天天地在长大，为了到了年底我们的新鞋合脚，母亲就在剪裁鞋样时先用手量一下每个孩子的脚长，再估摸着放出一点量，那放出的一点量就是我们这几个孩子的脚一年里在母亲心里长长的量，真是知子莫如娘啊，母亲就是那么用手一比画、用心一估摸，哪怕是年初开始动手做的鞋，到年底上脚穿的时候都是很合脚的。

母亲做的布鞋我穿了一年又一年，尽管家境贫寒，但母亲用自己没日没夜的操劳温暖了我们一个个寒冷的冬天。直到我参军入伍离开家，母亲依旧给我做着布鞋。我入伍后的第一个春节是在部队过的，母亲叫姐姐把她为我做的过年穿的新鞋提前寄给我。收到鞋子的时候，才进腊月，离过年还有整整一个月，我没有遵守新鞋要到除夕那天才能穿的俗规，而是早早地穿上新鞋。在冰雪覆盖、异常寒冷的西北军营里穿上母亲亲手做的新布鞋，倍感温暖，想家的思绪也平静了许多。

那年除夕，我在千里之外的西北军营，母亲一个人在老家过年。母亲说，今年过年村上送了两份年货，就是拜年的春联年画也是两份，来给母亲拜年的人说，一份是因为参加抗美援朝的父亲，一份是因为年初参军入伍的我，家有两块军属牌，就有两份军属年礼。母亲说收到两份年礼真的很开心，这个年虽说只有一个人在家过，也有着年味，只是没再如往年那样准备这准备那的，孩子不在家过年就没有准备那些的劲头了。但有两样东西母亲像往年那样准备了，一个是亲手为每个孩子做了一双过年的布鞋，不论是已出嫁的女儿，还是我这个离开家的儿子，大家都有，母亲说这是年俗，是不能少的；一个是那些炒货，也是一样没少，母亲说，开了春就忙了，这些炒货可以当忙时的干粮，独自一人在家的母亲一如既往地辛勤劳作。母亲说炒些干货，也是为节日里招待来家做客的亲朋好友，还有就是平日里遇到来家里要饭的，不凑巧没有现成的饭给他们，母亲就拿些炒货给他们。母亲经常叮嘱我们，对这些要饭的，一定不能让他们在我们家空手而归。雪中送炭，解人之难，是做人的本分，这也成了我们的家风。

再也不能和母亲一起过年了，没有了母亲的年关，就没有了原有的那些温暖，再也没有到了年关就收拾行囊无论多远、无论多难都要回到母亲身边的幸福与期盼了。思念的痛苦与遗憾每到年关的时候就与日俱增，使我常常泪流满面，不能自抑。好在有母亲留给我这么多温暖的记忆，在窗外传来的阵阵鞭炮声中，在南来北往回家过年的人群匆忙的身影中，这些暖暖的回忆充盈心田。

尽孝不能等待

母亲走了。这次不是暂别,是永远的离开,离开她深爱的儿孙,离开她眷恋的这个世界,没有辞别没有声息无依无靠地走了。

母亲走了。母亲走得很突然,一天生病,在医院做了她这一生最复杂也是最后的一次身体检查,医生说母亲的腰痛是老病并无大碍,只是需要静养一些日子。但曾几次从死神手中挣脱过来的母亲这次却没有挺过来,一夜睡眠,清晨却再也没有如往日一样早起为心爱的孙子准备早餐,就这样不留一语与我们诀别。那天我正在京郊参加筹备一个全军性重要会议,清晨突然接到家里打来的电话,等我匆忙赶回家时,母亲静静地躺在床上,似熟睡一样,但双眼却未闭上,我想母亲是放心不下她疼爱的儿孙,带着许多未了的心愿不舍地离去。

母亲走了。母亲的突然离去,留给我的是深深的自责和一生一世的伤痛与遗憾。"子欲养而亲不待",自责自己未能尽到做儿子的孝心,给予母亲的关心和照顾远远不够,为母亲做得实在太少太少。以前总觉得跟母亲朝夕相处，尽孝的机会很多，尽管心中总有更多尽心尽孝的想法，但总是想到了却没有及时做到，做到了却远远没有做到位，没有做到更好。

我一岁的时候，父亲就去世了，是母亲一手把我拉扯大的，期间母亲吃了多少苦、受了多少累是我难以知晓的。小时候家里特别穷，吃了上顿就没了下顿，母亲总是把饭做好后，让我们几个孩子先吃，自己悄悄到地里干活儿去了。我们喊她回家吃饭时，她总是说她已吃过，叫我们吃。其实每次她都是简单地弄点杂粮充饥，把少得可怜的一点儿米面省给了我们这几个孩子，母亲始终想着的是我们这几个孩子，从没有为自己想过一丝一毫。尽管那时候村里有许多孩子都不上学，等我们五个兄弟姐妹到了上学的年龄，无论家里有多难，母亲都一定要让我们到学堂读书。她总是念叨着说："怎么能不读书呢？不读书就是睁眼瞎，长大是没有什么大出息的。"母亲为了供我们上学，起早摸黑地劳作，白天在集体挣工分，晚上她把我们安顿好了之后就做布鞋。那时候村里的孩子能常年有鞋穿的也就只有我们兄弟姐妹几个，母亲从来不会让我们光着脚走路。她一年下来挣的工分与一个青壮年男劳动力一样多，都是全勤。到现在村里人说起当年母亲的操劳，仍唏嘘不已，说全村也只有母亲的工分不用天天记，母亲舍不得缺一天的工勤，哪怕是病了也要硬撑着坚持上工，绝对是全勤。早晨集体还没开工时，或傍晚集体收了工时，还有碰到雨雪天集体不开工的时候，母亲就上山挖草药、打猪草，靠卖草药和养猪为我们攒够学费。在我的记忆中，母亲始终不停地劳作忙碌，从没有一刻的歇息，她为了儿女毫不保留地透支着自己，年轻时超负荷劳作让母亲到了中年就一身的病。我们常常劝母亲别累垮了身子，母亲说把我们拉扯成人是她最大的心愿，更是她最重要的责任，也是兑现对父亲的承诺，就是累死也得这样干。母亲积劳成疾，先后在合肥和北京做过两次大手术，手术之痛母亲都能忍着，不论有多痛都没在我们面前呻吟过一声，反而心疼我们陪护她辛苦受累了。每次母亲生病，都尽可能地忍着，从不主动跟我们说，她总是觉得自己老了、病了是给子女肩上添担子、加负担，她舍不得自己的孩子苦了、累了，宁可自己受累受苦，宁可自己日复一日忍着伤痛。1997年母亲在合肥住院做手术，我从北京急匆匆赶回去的时候，母亲刚刚术后醒来，忍着疼痛睁开双眼，十分吃力地说："妈的病耽误了你的工作，让我平儿受累了。"我知道母亲是心疼我这样急匆匆地赶回来辛苦了，担心我耽误了工作。母亲走后，细细地回忆她的一生，竟找不出一件母亲主动要我们为她做的事，哪怕是一件小事，母亲都从来没有主动向我们开过口。

母亲没上过学堂，认识的几个字还是后来我们几个孩子教她的，但没读过书的母亲深明大义。父亲是抗美援朝的老战士，母亲从不拿这个要求村里乡里任何照顾，哪怕是父亲看病欠下的债，公社答应向县里打报告申请解决，但母亲还是谢绝了，靠自己起早摸黑劳动、挣工分还上的。有人劝母亲不要这样要强，母亲说这并不是自己要强，而是做人的本分。母亲在世时，也常在我面前说起父亲刚解放那会儿就参军上朝鲜战场的事，父亲参军的所有物件在几次房屋拆迁中几乎全部丢失了，特别是1958年因为大炼钢铁，父亲更是拆了家里三间瓦房，家里的物什剩下的更是寥寥，父亲参军所有材料也都散失无踪。母亲一直想找人到县里找一找，本意也只是想找到一些物件留作纪念，但她又担心因为这一找别人以为是想找国家、找组织要照顾，就一次次提起，又一次次放下，坚决不让我们托人去找。直到去年清明节，我回乡为父亲和母亲扫墓，才托人在市档案馆1951年永久卷里找到父亲参军入伍的档案材料，那时父亲已离开我们整整四十年，母亲也离开我们一年多。我想母亲是带着这个遗憾走的。如果在母亲在世时我能坚持去找一找父亲当年参军的材料，哪怕是瞒着母亲去找一找，也就能少了这个遗憾。我为自己当时的不坚持、不主动，为自己的迟缓而深深自责。母亲是无奈的，她的坚强让她又不得不这样坚持着、支撑着，我不知道这需要一种什么样的精神力量，在那样艰难困苦无助的岁月里，没有依靠的母亲是靠什么支撑着自己艰难地走过如此不堪回首的苦难岁月。

母亲为人行事豁达，心中特别能容事。一生中虽屡屡遭遇大悲大难，但为了这个家、为了我们这几个孩子，她总是苦苦地支撑着，再苦再难也从不言放弃。平时我们工作中遭遇挫折，哪怕是生活中有了点不顺心、不如意，母亲都能从我们脸上看出来。等我们一天忙完回到家中，她总是先为我们沏上一杯茶，然后从很远的地方开始给我们慢慢地讲这人世间的道理，尽管没有深奥的哲理，但句句质朴生动，至情至理，让我们豁然开朗，受益匪浅。母亲的许多话我不仅记在了本子上，更记在了心里。母亲常说，人人胸口都有一个坑，大家都把它叫作心窝子，就是到死也不会平的，这就叫作人心不足。有一次我去一个地方参观，听到蟒蛇吞大象的故事，回来后跟母亲聊起来，母亲十分感叹地说："人心不足蛇吞象，心底无私天地宽！"不识几个字的母亲竟能有如此精辟的见解，我想这就是苦难岁月留给母亲的精神支撑，母亲靠这些支撑坚持走过苦难的岁月而从不言放弃，又如此教育引导和要求着她的儿孙。每次母亲跟我聊完天，最后总是不忘说上这么一句，"你们读过许多书，都是文化人，妈不识字，讲的都是粗理，你们要比妈想得更远、更清楚"。每每那时，我就更加自愧不已，我知道我这辈子难以达到母亲那样的高度，母亲是我一生学习的榜样，是我一生都读不完的人生大书。我惭愧，我也庆幸，庆幸母亲给了我如此丰厚的精神财富，支撑我在风雨中不断坚定前行。

相依为命几十年的母亲走了，永远地离开了我们，我一下子感觉自己整个人都空了，真正感觉到了什么叫人生的心灵孤独，没有母爱温暖的生活是多么无助与悲凉。我羡慕那些有母爱温暖的人们，那是人生里多么温暖的幸福。我也曾拥有，并且比别人拥有得更多、更珍贵、更温暖，但拥有时却没有像现在这样深刻理解和感悟，似乎这样的大爱与幸福与生俱来，取之不尽，可以永远拥有。当母亲头上的白发一天天多了起来，当母亲的脚步一天天变得沉重无力的时候，我们却没有停下快节奏的生活，多关心关心母亲的生活，甚至连多陪陪她老人家说说话、聊聊天有时候都忽略了。母亲体谅做儿女的为了事业、为了生活奔波劳累，不愿因为自己而给子女添担子，有什么事就自己忍受、独自担当。母亲在世的时候，每当听到有人唱起《母亲》这首歌时，我就倍感温暖，正如歌中唱的那样，"你入学的新书包有人给你拿，你雨中的花折伞有人你打，你爱吃的那三鲜馅有人她给你包，你委屈的泪花有人给你擦，啊……这个人就是娘，啊……这个人就是妈"，有母亲在的日子是多么幸福啊！母亲走后，每当听到这首歌时，我就泪如雨下，不能自抑，这其中有温暖的回忆，有深深的思念，更有不能对母亲再尽一点孝道的深深遗憾。如果人真的有下一辈子，我是多么想再当母亲的孩子，跟母亲过艰辛的生活，享受母亲那温暖无比的慈爱，以自己下一辈子的生命回报今生未能报答的母亲的恩情。母亲，您能了儿这一心愿吗？做您的孩子真的没有做好、没有做够，儿还有多少话想对您说，儿还有多少想对您尽的孝心还没有尽啊！

"谁言寸草心，报得三春晖。"千古绝句，字字珠玑。我曾多少次吟诵，多少次引用，但从未如现在这样默默地用心读时，真切地体会到其中蕴含的真情与深刻。母爱是大山，风雨暖儿孙，母爱是大海，宽广抱家庭，人间多少爱，大爱是母亲。我深知，人世间温暖而伟大的母爱是做儿女的毕其一生、倾其所有也难以回报的。

母亲走后，我在思念的泪水中度过这难忘的日日夜夜，多少次在母亲遗像前长跪不起，任泪水尽流。我多么想能再有机会为母亲做点什么，哪怕陪她说说话，再听听她讲过的那些陈年往事，听听她那些朴素的教导，更好地工作、更好地做人，给母亲多一些温暖和宽慰，但现在我已不能做到了。

尽孝不能等待！我多么想告诉天下为人子女的人们。

想起穿布鞋的日子

我是穿母亲做的布鞋长大的山里孩子。小时候，每年的大年三十，是一定要穿新鞋的，穿崭新的布鞋，吃年夜饭也成了我小时候对过年的一个期盼。一入冬，做鞋就成了母亲每天都少不了的工作，有时候，我的新鞋早早就做好了，但那时要挂在母亲的床头架上，我只有每天去看一眼、摸一摸的权利，母亲要等到所有孩子的新鞋都备齐了，到大年三十的年夜饭前，才让我们一起穿上新鞋过年……

穿新鞋过新年成了我们家的习俗。大年三十的年夜饭尽管没有别人家那么丰盛，但能穿上暖暖的新鞋，我们心里也是暖暖的，觉得穿新鞋的日子幸福、快乐……

实话说，母亲的布鞋做得并不漂亮，但底厚针密，坚实耐穿。村里有鞋做得很漂亮的，邻居家的婶婶和大娘们常常聚在一起切磋做鞋的技艺，要想鞋的外观漂亮，除了手艺之外，还有用料的考究，大凡做得漂亮的鞋都是用整块整块的新布做成的，全白的鞋底是用一块白布一层层折叠后用麻线一针一针密密地扎在一起的,看上去整齐美观,而鞋面是用整块面子上有布纹的那种黑布剪成的。这些精致的要求,母亲是做不到的。因为家境不好,我们几个孩子的衣服都是大的穿了,小的接着穿,也不分什么男孩、女孩,只要能穿就接着穿。那时候,我们对衣服的理解就是遮羞御寒,一件衣服绝对是"新三年,旧三年,缝缝补补又三年",只有到了破了不能再补,实在穿不出去的时候,母亲才会让这件衣服完成它的历史使命,才舍得拆。母亲把拆下来的大大小小的布块洗干净后,纳成了鞋底。那时的衣服无非是黑、白、灰、蓝几种颜色,这几种颜色一层层地纳成的鞋底,就是杂色的,自然比不上纯一色白布纳成的鞋底。再说,母亲也没有时间同村里的婶娘们交流做鞋的技艺,哪怕是雨天,母亲也难得有闲下来拿针线的机会。母亲做的鞋都是在忙完了白天的农活儿,把我们几个孩子哄睡了,一个人坐在煤油灯下做成的。

　　常常我一觉醒来,还见母亲坐在昏黄的灯光下做鞋。给我做的鞋大都是在碎布堆里挑一色的白布,一层一层地纳成鞋底,而布帮鞋面是那有道道纹路的黑布,白色的鞋底衬着黑色的鞋帮,那是很漂亮的。而哥哥、姐姐的鞋,鞋底是杂色的,鞋面也都是几种颜色拼成的,那是做衣服时剩下的小布块拼成的。对这点"偏心",母亲有自己的权威说明:衣服是大的穿新的,那鞋就让小的穿漂亮的。哥哥和姐姐表面上对这种差别没有表示异议,至于心里有没有怨气,那就不得而知,我想大概多少是有一点的。对穿鞋、穿衣服有不同意见的是我,我一直对总是穿补了又补的旧衣服表示抗议,没想到抗议多了,倒还有点用,后来每年春节前请裁缝做衣服,我也有份,哪怕是一件小短裤,尽管那小短裤也是给哥哥、姐姐做衣服裁剩下的布块拼成的,那怎么说也是新的,也有了穿新衣服的感觉。只是从那以后,哥哥、姐姐的鞋面就更差了,连杂色布块拼凑都成了奢望,只能用褪了色的旧布做了。

　　我上初中以前,都是在离家不远的村里学校读书,除了布鞋,是没有别的鞋可以穿的。江南的雨天多，穿布鞋在雨中走，没有走多远，鞋就会湿透，穿着湿鞋走路很不舒服，再说布鞋被水一浸泡，更不耐穿了。我知道母亲做鞋不容易，不忍心，于是下雨天上学校，出门前就把鞋子脱了，放在书包里，赤脚走路，等到了教室再把鞋穿上。有小伙伴笑话我把鞋看得比自己的脚板还贵重，是的，脚板走在水里，磨炼成经风雨、敢走荆棘之路的铁脚板，省下了布鞋，却为母亲减轻了辛苦劳累，这是多么值得的一件事啊……

穿布鞋的日子伴我度过了童年和少年，直到那年我参军入伍，母亲除了为我精心准备了三双白底黑帮的布鞋之外，还专门给我买了双皮鞋。第一次穿皮鞋，特别不适应，走起路来，总觉得别别扭扭的，浑身不舒服。我不想穿，母亲却不同意，说出远门不比在家里，穿布鞋上不了场面。我是穿着崭新的皮鞋告别母亲，走出山村，走向遥远的军营，开始我的军旅生活的。

军旅生活是走南闯北的岁月。穿在脚上的不再是母亲做的布鞋，而是千人一色的黄胶鞋和万人一式的皮鞋，那是统一的颜色和样式，而个性鲜明的布鞋在这里已成为绝对的另类。我把从家里带来的布鞋放在了旅行箱箱底，每每夜色降临，白天的紧张和喧嚣归于平静，有属于自己的时间时，我就难以控制住自己的情绪，悄悄地从箱底拿出布鞋，穿上它在军营里走上几圈，母亲做的布鞋穿在脚上，总感觉到一种莫名的轻松和温馨，总有一种温暖从心底萌发生长开来，继而弥漫在心中，那是一种幼儿时依偎在母亲怀里的温暖，那是源于心底的幸福……以后的每年春节，不管是在哪里度过，我都会从箱底拿出一双母亲做的崭新的布鞋，像小时候一样，依旧穿上新布鞋过新年，只有穿上新布鞋，才会有过年的感觉，穿上母亲做的新布鞋，心底顿时就会涌起一股暖意，我知道那温暖与美好是对童年艰难而又幸福时光的回忆，是对走在旅途的人一种心灵慰藉，陪伴着我一路成长。

人在旅途的我，心中依旧珍藏着穿布鞋的日子里那酸甜苦辣的情意，家中的母亲依旧为远在天涯的儿子做着布鞋，依旧是一年一双，依旧是白底黑帮，依旧是做好后挂在母亲床头，等着一天天临近的除夕，只是在这一天天的等待里，不再有人急切地一天又一天地转到床头探望……布鞋一年一双，在除夕挂在了母亲的床头，母亲时不时会用手掸掉落下的灰尘，时不时会抚摸着这一双双新鞋，想着离别已久的儿子……

那年我结婚，母亲打电话跟我商量，能不能回老家办几桌酒席以谢左邻右舍的乡里乡亲。尽管那时候，已十分时兴结婚时要有长长的车队，要在宾馆饭店宴请嘉宾，新郎新娘都时兴穿上礼服婚纱。但我还是坚持回到老家举行婚礼，母亲为我和妻各做了一双布鞋，都是白底黑帮的那种最漂亮的，我和妻穿着母亲亲手做的布鞋步入洞房，开始了新生活。

以后的日子里，妻常说起那一夜穿的那双布鞋，妻说布鞋比皮鞋柔和，穿得舒适。从结婚的那一年起，母亲每年不仅给我做双布鞋，也给妻做一双，两双依旧是做好后挂在母亲的床头……

儿子还没出生，母亲就开始琢磨给小孙子做布鞋。母亲来电话问，是不是还做那种鞋头绣有老虎图案的布鞋，我说："能做老虎鞋当然好，只是您这么大年纪了，眼睛也花了，再说又隔了这么多年没做那样子的鞋了，要是做恐怕很麻烦吧？"做老虎鞋是件极细的活儿，是绣花针绣出来的，怎么说那都算得上是件精美的民间艺术品。母亲说："试试看吧，怎么也得做一双，只是怕做不到以前那样好了。"我想：这下难为了双眼老花的母亲，那绣花的细活儿，已过花甲之年的母亲还能做吗？

儿子出生后没几天，母亲就从老家赶来，母亲做的那双绣有虎头的小布鞋成了儿子来到这个世界穿的第一双鞋，母亲说这双老虎鞋是照着我出生时穿的那双鞋做的，样子差不到哪里，但用料做工都要比我穿的那双讲究得多，我为儿子感到幸福，能穿上这么好的鞋开始自己的生命之程，该是多么的幸福……

穿布鞋的时候总是羡慕城里人能穿皮鞋，羡慕城里人的生活。后来自己生活在了都市，如愿地穿上了皮鞋，却又常常想穿布鞋了。原来，穿布鞋的日子在心中竟是那么温馨，让我常常记起，一想起温暖就从心底升起。

想念姆妈的烟味

戒烟很久的我，对烟味却有着极复杂的感受，极难接受，却又常常莫名地想起，有时候甚至像上瘾那样，急不可待地想真真切切闻到这个我一闻就会流泪的味道……

这个味道，就是姆妈的味道。想姆妈，就会从心底想念这种烟的味道。

姆妈离开我们已经整整七年了，七年里，我常在梦中见到母亲，那烟的味道也在梦中弥漫开来，让我在睡梦中泪流满面。常常从梦中醒来，只有沾湿枕巾的泪水真实地存留在那里，而刚刚梦中逼真的情景却很快变得模糊起来，梦中那么清晰的烟味也随之变得缥缈虚无起来，那仅存的一丝越来越模糊的记忆让我愈加害怕从梦中完全走出来，我知道一走出梦就与那曾经特别熟悉的味道渐行渐远，我多么想永远留在梦里，永远有那种熟悉的味道可以依恋，这样的味道在，姆妈就在……

在我幼年不多的几个碎片般的记忆中，姆妈抽烟是其中最为深刻的。

那时，在我们那个偏僻小山村尽管女人抽烟并不稀罕，但也并不普遍，姆妈就是那为数不多的抽烟妇女中的一个，况且姆妈是抽得比较厉害的。那时，姆妈如乡下男人那样抽的是自家产的旱烟，长长的烟筒也是用自家竹园里的竹鞭做成的。那根旱烟筒始终陪着姆妈，姆妈无论到哪里都随身带着。采茶季节，姆妈的那个茶篓是村里最大的，大到我记事的时候还能钻到姆妈的茶篓里美美地睡上一觉。姆妈的大茶篓可不是为了让我贪懒睡觉，之所以大主要是为了装下更多的茶叶，不必来来回回向山下的茶叶收购点送交采下的茶叶，这样就可以省下不少在路上的时间采更多的茶。而我总认为那样的大茶筐还有一个更大的用途：可以放下姆妈那根长长的烟筒。那烟筒是姆妈采茶时必带的，累了就可以随地坐下来抽袋烟解解乏，也解解闷。对于姆妈来说，忙里偷闲吸上几口烟，解闷比解乏更为贴切。

我直到长大后才真正理解姆妈的苦与闷。在我们老家有句老话，叫"爷奶亲长孙，老娘疼着末脚儿"。我是姆妈的"末脚儿"，姆妈的确要更心疼我。姆妈曾经对此作过一次辩解，说我是家里最小的，一岁就没了大大（我们那里对父亲的称呼），自然要多些疼爱。我记忆中，姆妈对我的特别宠爱藏匿在那些细微的安排中，至今仍让我记忆犹新。比如，炎炎烈日下，姆妈带着我们几个孩子外出劳作，正当我感到炎热难耐想找个阴凉处歇息一下的时候，姆妈会很自然地安排我回家一趟给她把忘在家里的烟筒或者是烟袋，也可能是点烟的火柴拿到山上来。刚开始的时候，我还没有理解姆妈的良苦用心，以为姆妈是真的把这些必备的家伙落在家里。但渐渐地我理解了姆妈，她是心疼我在烈日下劳作，是变着法子找一个理由放我的风，这也是姆妈能给我的最好的疼爱。在那样的艰难日子里，姆妈必须带着我们这几个尚未成年的孩子比别人更辛勤地劳作，才能吃得饱饭、上得起学。姆妈之所以这样费心安排，是既让我这个最小的能少受些劳累之苦，又对哥哥姐姐有个交代。姆妈说，大大走后，我们几个尚未成年的孩子是支撑她坚强活下来的唯一力量，哪一个都放在手心里养着，不管是大的还是小的都轻不得，她也舍不得我们这么小就这么辛苦地劳作，可为了生活实在是没有别的法子。巨大的生活压力下，姆妈没有任何可以借力支撑的帮手，哪怕只是精神上的一点安慰都难以得到，她只能把一切苦闷压在心底，就是再苦再难再累，她在我们面前始终都保持着乐观，而不想把愁容挂在脸上。在那些对姆妈来说度日如年的日子里，姆妈在劳累一天精疲力竭好不容易把我们几个孩子哄睡了之后，才有属于自己的时间，而这时候的姆妈还不能睡，她还要为第二天的生计劳神操心，而此时，能陪伴姆妈的就是那燃起的烟丝在暗夜里透出的一线火红的光亮，还有那渐渐弥漫开来的烟味。对于已经沉入梦乡的我们来说，那烟丝燃烧而生的光亮与味道，就是姆妈的味道，陪伴梦乡……

姆妈晚年跟我聊起那些艰难的日子，语调是极平静的，好像在讲一个跟自己没有多大关系的往事。姆妈说眼泪在那些苦难的日子里已经流干，那时候就是流泪也只有在夜深人静的时候一个人悄悄地，白天要拼命地干活儿、挣工分，哪有工夫伤心流泪。我的记忆里，姆妈从不在我们儿女面前落下一滴泪水，一切苦难她都是一个人坚强地扛着。也正是在那样艰难的日子里，姆妈吸起了旱烟，靠着烟味安抚自己的情绪，减缓内心的苦闷与压力。姆妈也就是从那时渐渐有了不小的烟瘾，也就是从那时起，姆妈就把自己当成男人一样去挑起一家人生活的重担，她要为自己的孩子撑起一处遮风避雨的天空。

姆妈开始吸旱烟那年，我才一岁多，我是在姆妈的怀抱里闻着姆妈的烟味长大的，那味道深深地留存在我的记忆里，随着岁月的流逝而愈加深刻而清晰。我高中毕业参军入伍到了陕北的工程部队，从江南水乡到西北黄土高坡，从明净舒适的课堂到天天面临苦累伤残考验的施工一线，我并没有做好充分的思想准备，那一个接着一个冲击反差让我跌入愁闷痛苦的深渊，初入军营的那些日子，情绪很低落，常常一个人躲在一处角落悄悄流泪。每当这个时候，我就更加想念家乡、想家乡的亲人、想姆妈，也就情不自禁地想起姆妈的烟味。那真是一种无法用语言表达的特别奇妙的感觉，刚开始那味道还时隐时现，渐渐地就越来越清晰真实，好像真的回到了姆妈身边，那亲切温馨的味道是那样沁人心脾，那味道就好似一剂良药，将我从孤独苦闷消沉中拽了出来，重新直面这并不如意的生活。

都说母子连心，那个时候一个人守在家乡依旧辛勤劳作的姆妈更是思念她远在千里之外的儿子，只是她把这样的思念藏在了心底，从陆续接到的从家里寄来的信件里，我分明更加清晰地闻到姆妈身上那特殊的烟味。并不识字的姆妈每次都是托人给我写信，但信中要说的每一句话一定是她亲口述说的，是在那一筒接着一筒的烟雾中一句一句精心斟酌后，与代笔人认真交流后定下来的，而不是简单的一挥而就的家书，那份嘱托和牵挂全都浸润在那带着烟味的字里行间……

我入伍的第二年有个机会回家探亲，这个消息让姆妈高兴得几个晚上睡不着觉，天天盼着我能早点回到她身边。回家探亲时，我除了带回一袋陕北小米外，特地为姆妈准备了两条香烟。我参军入伍后，家中就只有姆妈一个人了，我把孤寂的生活和日日夜夜的想念全部留给了姆妈，烟更加成为姆妈不可缺少的陪伴。远在千里之外的我只能如此托付思念，心有不忍却又无能为力……

姆妈没有留下我专门给她带回来的那两条香烟，而是让我把烟分送给了左邻右舍的乡亲。姆妈说，走出了大山到外面算是见了世面，更要知情达理。姆妈一生无论有多苦多难，却一刻也不疏忽做人的本质坚守：知恩图报、豁达责己。

儿子出生后，姆妈从乡下来到京城，就下决心把吸了几十年的烟戒了。我极委婉地劝姆妈不要太过坚决、太过彻底，烟陪伴了姆妈几十年，那烟味已成了姆妈生命的陪伴，早已浸入血脉，想一下子彻底戒掉那是绝对不可能的。姆妈戒烟的决心是很大的，一进城就把陪伴她近半个世纪的烟筒搁置了起来，或许是根本就没有带进城里而留在了乡下，我从此再也没有看到那根我再熟悉不过的烟筒了。

　　姆妈的烟筒留在乡下，一同留下的是她生命中的艰辛和抗争。

　　姆妈走了，带着她那本已留在故土的烟筒走了，留下的是她那永远留存在孩子心头的深情烟味，那是姆妈的味道，那是姆妈留给儿女永远的念想，如同那天宇间永世不尽的精神图腾温暖着我的心，让活在这世上的我不是那样孤单无助，想念姆妈，就想起那久远而亲切的烟味，那是姆妈永远的味道……

生命里的日子

我的祖籍，我祖父祖母之前先辈的坟都在江北怀宁。

大概是某一次灾荒，我曾祖父这一辈举家从江北搬迁到了江南。对生在江南、长在江南一个偏僻小山村的我来说，江北江南本没有什么不同，之所以这样想是因为我并不知道祖上居住的江北该是怎样的生活。

幼年的快乐像风一样走得匆忙。渐渐长大，脑子里开始记事，也渐渐懂事，成长的烦恼自然也生长了出来，也才从过年过节中知晓一些江南江北风俗的不同。从江北迁徙江南，大多是因避战乱或灾荒，本没有什么家什可以带来，逃难的先辈倒是把一辈辈传承下来的乡规民俗悉数带到了江南，那是记在心里的事，应是跟着才更贴切。

俗话说，有钱没钱，回家过年。无论贫困还是富庶，无论怎样的年景，年总是要过的，这恐怕也是因为风俗的关系。乡下人向来把过年过节看得重，尤其是过年，那是大事，有许多规矩是要讲究的，有许多的仪式是要一代代往下传承的，哪怕是穷困潦倒、居无定所、四处逃难的人，心中依然存有对节日的期望，存有对未来的期盼，而对传统习俗的坚守是最好的坚守，因为那是存于血脉之中的本真，只要人活于这个世界就永远不可能丢失这样的纯朴本色。

我并不是一个爱使性子的孩子，却对到了江南晚一天过小年这一改变传统的做法，提出疑问甚至表达不满。当然这质疑与不满并不是因为我对文化传统的笃定与坚持，而是因为那时物质极度匮乏，加上食物色香的诱惑，我不愿意多等一天，这也成了我长大记事懂事后的一个烦恼，不是少年维特之烦恼，是偏僻山村里一个把吃肉当作奢望的少年的烦恼，没有精神上的高大上，只有物质上一点小欲望。

我小时候居住的那个大山深处的小村庄，方圆几十平方公里，山峰耸立，沟壑交错，几十户人家散住在一个挨着一个的山谷之中，人丁兴旺时也不过千人，大都是不同朝代从外地迁徙而来，真正算得上当地原住民的只有寥寥几户人家。

这个只有不足百户的小山村，却有个不同的习俗。村里人家的小年大都是腊月二十三过，我们这几家当年一同从江北逃荒过来的却偏偏把小年向后推了一天，腊月二十四过小年成了我们几户人家的习俗，年年都是这样安排。那时过小年要是没有特别的情况，按习俗是可以吃上一顿肉的，所以晚过一天的我很是羡慕腊月二十三就能过上小年的小伙伴。那个年月，过年过节和吃肉似乎是同一个概念，过年过节吃肉，吃肉过节过年，都是一样的味道。这自然是那时每年除了过年过节能吃上肉，平常没有吃肉的理由，所以哪天能过节是件很重要的事。尤其是对于家境差的，能吃顿肉就是过年过节，就是再穷也能吃上一顿肉，这是谁家也不会破的生活底线。正是因为过小年能吃上肉，晚过一天就意味着比早过一天的人家晚一天才能享受到那盼了很久的美味佳肴，这对于那时候把吃上一顿肉当作一种奢望的孩子来说，的确算是一个不小的打击。

仅仅是晚一天吃上那想了太久的红烧肉，我心里的郁闷却非常强烈，甚至提出了质疑与抗议，但质疑无效，抗议更是无用。现在想起来，小屁孩心中的那点疑问想得到大人的解释简直就是奢望，这或许不是大人们不想解释，而是他们也不知该怎样解释罢了，整日劳作的大人其实一样也想早一天吃上肉的，只是他们嘴上决不会说罢了。

没有得到大人任何解释的日子里，成长没有停下脚步，在渐渐长大的日子里，我从母亲日复一日艰辛劳作的疲惫中慢慢悟出点道理来了。

母亲是知道我的心思的。而她能做到的就是始终坚守着这样的生活底线，或者说是乡下不能再简的生活习惯，无论生活有多难，母亲都是要坚守的。每到过年过节，就是再没钱也会想方设法称上几斤肉过节的。其实那时候乡下人每年过的节无非就是除夕、端午、中秋这样的传统节日，不同于现在要过的节是如此的五花八门。除夕、端午、中秋这三个节日也就是乡下人常说的"一年三节"。这三个节日，也大致把一年分成三个时段，是再也不能少的。我小时候就固执地认为这三个节日一定是生女儿多的人家坚持再也不能减的，是无论如何也要过的。我的理由很简单，因为这三个节是出嫁的女儿必须要回娘家看节的。这其实是祖上传下来的风俗，养育之恩是要报的，不是我的这点狭小眼界。

在我们村，大凡有女儿出嫁的人家，因为有了这祖上传下来的风俗，是不再愁过节那天的生活改善的。因为女儿女婿回娘家看节，是一定要备礼物的。春节的礼单一般要复杂一些，二斤猪肉是必不可少的标配，且还要是那种肥肉多的五花肉，倘若带多了骨头，娘家人是会不高兴的。乡下人向来是很讲究这点面子的，少有出嫁的女儿不顾及父母亲这点面子，就是生活再难，也要想办法在这三个节日里回到娘家看节的，要是不回，别人家是要说闲话的。就是这样理所当然的礼节，唯独在我们家却不是那样的自然可期，母亲对大姐出嫁后婆家日子的艰难表示出超乎寻常的理解与包容，一年三节，大姐夫是可以只看春节这一个大节的。母亲本是极好面子的，早就猜到左邻右舍一定会嘴碎说起这事，便主动为大姐夫端午、中秋不上门看节向乡亲们作出合情合理的解释，路远、农活儿忙、一天不能打个来回，这些都是理由，还会告诉左邻右舍，不上门看节女婿家的礼数都是到了的。这自然是母亲主动为大姐婆家所说的托辞，那过节的礼物其实并没有如母亲说的那样捎过来，或许偶尔也有过那么一两次罢了，肯定不是常有的。

对母亲来说，过节不过节也许并没有什么不同，也并不能算得上一件重要的事。在母亲的心里会有更为重要的事，日日劳作的母亲舍不得停下忙碌的脚步让自己轻松一下，肩上一家人生活的重担让母亲无暇顾及除了劳作之外的任何事情。没有上过一天学堂的母亲，对孩子读书格外看重，就是家里的生活再艰难，学是不能不上的，让我们几个孩子吃饱饭上学堂才是母亲心中的大事，什么时候也耽搁不起。

把过节似乎看得并不重的母亲，对我上学后过的六一儿童节格外看重。我想母亲并不知道六一儿童节的由来，实际上她知不知道这个节日的由来对她来说或许并无什么实际意义，与她是否看重这个节日也不会有什么特别的关系。她所关心的、所看重的是她疼爱的孩子在这一天应该是快乐幸福的，她心里挂念的就是怎么样让她的孩子快乐起来，感受生活的幸福。

我对我第一个六一儿童节的记忆，至今依然清晰。那时家里穷，我只有一件还算穿得出去的衬衣，也是我夏天里上学最喜欢穿的一件，但这样体面一点的衣服不是天天都能穿着上学的。六一儿童节的前一天夜里，母亲特意把那件衣服洗干净，好让我第二天早上穿着这件体面的衣服上学，母亲知道这一天我的胸前将系上红艳艳的红领巾，那自然是要配上一件整洁干净的衣服。

六月的江南雨水多，潮气重，晚上洗的衣服到了早上还是潮的。细心的母亲早就想到了这一点，晚上睡觉前就专门生了一盆炭火。第二天天刚蒙蒙亮，母亲就赶早起床，将我的那件体面的衬衣小心翼翼地放到早就预备好的箩筐上，下面放上预先备好的炭火，等我起床时衣服就烘干了，穿在身上暖暖的，就在这样的温暖里我度过了那温暖幸福的节日。我的第一个"六一"已过去四十多年，那日清晨穿上那件整洁白衬衫的情形恍若昨日，依然是那般清新温暖，对母亲的思念也在这温暖里凝结成泪水浸润双眼。

母亲把这样的温暖同样给了她疼爱的孙子。2009年国庆，中华人民共和国成立六十周年大庆，正在读小学六年级的儿子参加了首都国庆各界群众庆典游行。之前进行过很多次彩排，每次都是凌晨就起床赶到指定地点集合。母亲怕耽搁时间误了孙子的大事，每次都是头天晚上干脆就不合眼睡觉，好准时叫孙子起床，并备好一切要带的吃的和用的东西，绝对是一件都不少。儿子跟奶奶开玩笑说，奶奶这也是演练呢！国庆前夜，母亲更是比谁都紧张，从晚上把孙子从家里送走，就再也坐不住了，在家里来回踱着步，天亮之后，就急切地催着打开电视，她盼望着早一点在电视里看到她疼爱的孙儿。母亲一直盯着电视，生怕错过了在电视里见到宝贝孙儿的镜头。我几次对母亲说，群众游行方阵通过天安门的时间还早着呢，更何况在人山人海里怎么可能见到她的宝贝孙儿，但母亲就当没有听见我的话，一直盯着电视寻找。手捧花束的少先队员方阵是最后一个来到天安门广场的群众游行方阵，当他们像潮水一样涌向金水桥，母亲双眼紧紧地盯着那花海一样的收视屏幕，她一直在那人海花海里寻找着她孙儿的身影，母亲兴奋地说："我看到涵儿了！"我绝对相信那一刻母亲所说的，因为我懂得母亲那一刻的心情！儿子那天回到家时，母亲与他在门前合影，照片里的母亲是那样的幸福与满足，没想到的是那竟是母亲留下的最后一张照片，二十六天后，母亲病逝于北京，那天正好是农历九月初九重阳节，第二天就是母亲七十七岁生日，母亲的生日也是父亲的祭日……

关机二十四小时

　　从病房离开，是上午八点差十分钟，这是昨天约定好的时间，几乎没有一分钟的相差。昨天晚上意外腹痛并没有影响到今天的手术，按照约定的时间我依然从十楼病房被推到二楼的手术室。因为新冠肺炎疫情的影响，家里人并没有及时赶到病房，离开的时候，只有战友小徐在，他问我："手机就放在病房吧？"我没有多想，顺口就说了一句："关机吧！"小徐回答得也很干脆："好，那就关机。"

　　这是我平生第一次做手术。术前一系列的检查、一连串的问询、一次次的签字，把本不觉得有什么复杂的手术搞得有些紧张，好在医生反复解释："这是手术前例行的必要的检查，按照手术医疗规范要求，该说的我们都要一项项说到，您听着也用不着那样在意，更用不着紧张，您这手术，在我们这儿就是最平常的了，更何况是微创。"说心里话，虽说是第一次上手术台，我还真的没有多紧张，说实在的也不知道该怎样紧张，只是心里多多少少还是有些不忐忑，是那种找不到感觉的不踏实，毕竟是全麻，怎么也要三个小时才能醒过来，在这不算长的时间里，外面世界是一概不知的，更何况还有一群人在你完全没知觉的时候在你身上动刀子，从身体里拿掉跟了自己五十年的东西，尽管那是必须拿掉的，可毕竟是活生生地用刀割掉的，怎么能说一点儿也不在意呢？

在意是肯定的，只是在意的方式与程度不同罢了。我在意的不单单是自己身体从此失去什么，而且在想我在醒来后会有什么样的认识与思考，或者说我在这深睡的时间脑子里会有什么样的记忆，甚至会好奇会不会做梦，哪怕那种醒来就忘掉的浅浅的梦。我想有一个梦，哪怕是只有一丝恍惚的记忆的梦，我只想在那浅浅的梦里见到妈妈，我想把这个手术及时告诉她老人家，这样的事是决不能瞒着她的。虽说我自个儿不紧张，可妈妈一定是紧张的，我应该比谁都清楚自己是妈妈捧在手心里养大的，这样的事不对她说是万万不能的，那样她一定会焦急万分，甚至是绝望。

那年，我参加总部组织的一项重大课题调研，因长时间连续加班导致过度疲劳紧急住院。本不想告诉母亲，怕她平添焦虑，可她还是在蛛丝马迹中感受到了异样，母亲的直觉告诉她，她这个早已是人之父的儿子一定是有什么事瞒着她，她焦虑万分，却又没有办法。母亲不知道怎样才能找到我，她不会打我的手机，也找不到人打听我的消息。直到三天后我从医院回到家里，母亲一见我就老泪纵横，心疼地把我从头到脚反反复复地抚摸，生怕哪儿缺了点什么，我发现几天之间，母亲苍老了许多，我难以想象这些天里，她想到了什么，她是怎样的焦虑，甚至说她是多么的绝望。

母亲常说，不管我们长到多大，我们做儿女的始终是她捧在手心里的宝，舍不得有一刻从她眼里分离，容不得有一丝差错与疏忽。从那以后，我才真正从心底明白，母子连心这个词的真正含义，再也不敢向母亲隐瞒什么了，实际上什么都是瞒不过母亲的，因为作为儿子不管长到多大，也时时都养在母亲的手心里……

微创手术如预期那样进行得很顺利，三个多小时之后，手术完成。被从手术室推出来时，我已从麻醉中醒来，守候在手术室门口的家人围了上来，人群中，我没有找到儿子子涵。就在我四处张望的时候，子涵的微信视频传了过来，我还是第一时间见到了儿子，只是没在跟前，而是在屏幕中。原来，这一天子涵因为出国读研正好约了注射新冠肺炎疫苗，此时，他正在赶往医院的路上，没在人群中找见儿子，即使是在手术麻醉刚刚醒来的那种状态里，也有一种焦虑与失望从心头掠过，牵动着心隅一处的疼痛。那一刻我更加理解母亲说的把孩子养在手心里的那种牵挂与不安。

从手术室出来，并没有如我术前想的那样回到病房，而是按照医生的安排进了术后观察室，因为那里的医疗设备和护理水平都要好很多，为慎重起见，术后还是安排在那里休养。进了这里，与外界的接触就更加严格了，陪护的人不能进入，一切护理都是护士负责。手术前关了的手机依然不能回到手里，依旧处于关机状态。这是自从1998年有了第一部手机后，第一次关机这么长时间。特别是现在这个时代，不少人睡觉前最后放下的是手机，醒来时第一眼看到的依然是手机，手机已经比吃饭、喝水都重要，甚至可以说如同空气之于人一样一刻也离不开。令我没想到的是，一天前那般从容地关机之后竟也不再那样依赖手机，少了手机的生活依然是生活，我不去刻意想，本也不会有什么区别，手机的重要原来也只是自己太过看重它罢了，这恐怕与许多事情一样，都是同样的道理。

人生中的许多道理是在我寂寞的时候才悟到的。人生是一次出发和结束都在世间目光注视下没有预案的行走，许多人许多时候都是在不停地奔跑，无暇停下来安静地思考，因而忽略了许多沿途风景，也忽略了许多思考与体悟。这种忽略带给人的终将是永久的愧疚甚至无尽的悔恨。

在关机的时间里，我一直奔跑的心静了下来。我似乎觉得自己正在找回那早已逝去的岁月，回忆着那些再也找不回来的日子。实际上，人近半百，已是知天命的年纪，放下的终归是要放下，记住的当然要永远地记在心底，成为忘却不了的回忆，进入灵魂。

日子还在一天天过着，时光还如流淌的河流日夜不息奔涌向前，关机的一分一秒里，所有的都没有中断，天堂里的母亲一样没有放心下她的平儿，那醒着时的思念，那睡梦中的相聚，都化作了浸润在眼里的泪水，泪目向天……

第二辑　叩问心灵

亲娘如娘

我们老家有个很特别的称呼，那就是"亲娘"。特别就特别在"亲娘"并非指"亲生儿的娘"，而是兄弟姊妹对自己姐姐或妹妹的婆婆的一种叫法。两个原本没有任何关系的陌路人因为别人的姻缘而有了这个听起来很有人情味的称呼。加上我们都心知肚明的缘故，婆媳关系是这世间所有人际关系中最难处理好的，中间再加个这样"亲切"的称呼，的的确确是有些为难那些兄弟姐妹。婆媳关系面子上说得过去的，大家心里有个数倒也可以勉为其难地叫出口，碰到那些关系僵得连话都不说的，那叫起来就真的有些尴尬了……

我有三个姐姐，自然也有三个按习俗我应叫"亲娘"的亲娘。二姐、三姐出嫁的时候，我已到外地求学，少在家乡，与二姐的婆婆、三姐的婆婆见面都极少，自然谈不上有什么尴尬和为难的，但大姐是在我六岁那年出嫁的，大姐的婆婆、我的亲娘是我从小就经常见的，也是要常常叫的，从六岁开始一直到现在，我一直就这么叫着，就是亲娘走了这么多年，我还一直这么叫着，不用格外说什么，所有的人都知道我叫的是谁。

　　我叫的亲娘叫什么名字，现在我已记不清了。亲娘的名字我小时候是记得的，那时候亲娘在生产队出工干活儿，傍晚收工的时候有人唱报工分，一个一个地喊着当天参加劳动的人的名字，然后明确一下每个人的工分。唱工分的时候，我都竖着耳朵认真听着，因为亲娘叮嘱，她耳朵有时候不好，怕听不清，叫我帮她听着，防着记工的人少了她的，亲娘不太信任那个上过初中因为手脚不干净被罚，没上成高中不得不回村混个记工员的小伙子。亲娘不信任，我自然也就不信任，每天估摸着快收工了，我就挤到记工员身边，不但听，有时候还看看记工本上有没有我亲娘的名字，少记了工分没有。听得多了，看得多了，亲娘的名字我当时一定记住了，只是过了这么多年，我不再帮亲娘听她的工分，亲娘的名字少了人叫，自然就忘了，或许是因为在我的心里，亲娘的名字就叫"亲娘"吧。亲娘的名字的确早就忘了，亲娘对我好，待我如亲生儿子一样的好，我是记着的，永远地，深深地记着。

　　亲娘也是一个苦出身，在我姐夫还未长大成人的时候，一家从江北避水灾逃到江南，在一个湖边安了家，应该算是渔民吧。亲娘为人耿直大方，虽说是从外地迁来的，但与本地村民很快就熟了，并得到村民们真诚的接纳。加上亲娘个子比一般妇女都要高出不少，力气也大，又勤劳能干，日子还算过得去，比我家要强很多。我大姐出嫁后，我就常常去亲娘家住，上学后的寒假、暑假我大都是在亲娘家度过的。亲娘待我如亲生儿子，家里有好吃的，一般都会让我先解馋，并且把一些数量并不多、那时候算是好东西的吃食收在她屋里那个小木箱里，等我去了，才悄悄拿出来给我，而且背着她那一大群孙儿、孙女们。

　　亲娘家每年春节前都要请裁缝给全家人做过年的新衣服，不管布票有多紧张，钱有多紧张，亲娘都一定会给我做一套，哪怕我的外甥女、外甥都没有，而我是一定有的。记得有一年过年，因为年景不好，姐夫家生活窘迫，手头没余钱，年前姐夫上街只给我外甥女、外甥一人买了一块做上衣的花布，没有给我买。回来后，亲娘也没有细问，姐夫对我亲娘向来言听计从，亲娘深信日子再难，过年的新衣服少谁的也一定不能少了我的，因为她专门为这事嘱咐过姐夫。到了除夕那天，村里的裁缝来家做衣服时，亲娘才知道今年扯的做过年衣服的布并没有我的，这是亲娘没有想到的，亲娘当时很生气，狠狠地训斥了姐夫一顿，并要姐夫一定要上街去给我买布做新衣服。姐夫只好带上家里仅有的几块钱急匆匆地赶到街上，可街上的店铺已关门歇业，布还是没有买成。姐夫答应一开年就给我补上，但亲娘不同意，亲娘做主把本来给外甥、外甥女做衣服的那块花布为我做了一件花上衣，那年我已是十岁的大男孩，却穿了件花衣服过年，而小外甥、外甥女因为没有新衣服穿，是哭闹着在愤愤不平中过的新年。那件花衣服我只在除夕那天穿了一次，还是亲娘反反复复做了许多工作才勉强穿上的，亲娘说穿新衣服过年是我们穷人家的习俗，家越穷这习俗越要讲，穷人家平时不奢求什么，过年了穿件新衣服是图吉利喜庆，能穿上大红大花的衣服更好。第二天，我才从姐姐那里知道了内情，深深为因自己委屈了外甥、外甥女感到愧疚，加上那大红大花的衣服我也实在没法穿出去，否则我会被那帮小伙伴笑话。虽说那件新花衣服我并不喜欢，也只是除夕穿了那么一次，以后再没穿过，但亲娘对我的好，让我特别感动，至今依然记忆犹新。

　　我长大后几次问亲娘，那时候为什么宁肯委屈自己的孙子和孙女，也要让我有新衣服穿着过年。每次亲娘都沉默不语。有一次我与亲娘邻居家的孩子发生争斗，两人都打得头破血流。亲娘找上邻居家的门，对打我的那家邻居说："我的七儿（这是亲娘对我的昵称）不同别人，他是个苦孩子，谁要是欺负了我的孙儿、孙女，我倒没什么，但谁要是欺负了我七儿，我就真的放不下了，七儿不同一般的孩子呀……"亲娘说着说着，眼眶红红的，差点落泪，那一刻，我才懂了亲娘的良苦用心，亲娘是心疼我从小就没了父亲，需要比别人更多的关心疼爱。

我初中是在亲娘家所属的那个镇子上读的。亲娘家离镇上有七八里路，我是住校生。那时候，家里穷，没钱买饭买菜，读书的日子过得特别艰难。亲娘家粮食也很紧缺，也没有多少盈余，但亲娘每月月初都会先把一些粮食从家里的米缸里分出来，让我带到学校的食堂，而以粗粮和菜顶补家中的粮食之缺。我上学那两年，亲娘家没少吃稀饭和菜团子，而我却能在那样的日子在学校食堂吃上大米饭。那时候，吃菜是不可能花钱在学校食堂买的，根本买不起，也从没有这个奢望。我都是每周回亲娘那里两趟，用菜罐装上几罐咸菜对付。亲娘给我做的咸菜不同于别的同学家的，亲娘想尽办法变着花样给我做每周两次的咸菜，花样变化多，短期里少有重复，那样的日子里能把咸菜做得这般丰富，可真是难为了亲娘，也不知亲娘为此花了多少心思。亲娘给我做的咸菜油多，这在从家里带咸菜的同学中是出了名的。那时候农村吃油都是很精细的，更何况像亲娘家那样的家境，平时吃油更是十分节约，只是炒菜前放一点过过锅，只要炒菜时不粘锅就可以了，但亲娘每次给我做带到学校里吃的咸菜都加倍地放油。记得有一次我外甥对此提出抗议，一定要吃我那罐已装好的咸菜，说那咸菜油多、好吃，但亲娘坚决不肯。亲娘说："你舅上初中，功课重，费脑子，多点油水才能撑着，咱们在家，油少点不碍什么大事。"但小外甥听不进这些，执意要分我的那罐咸菜，亲娘怎么说都不行，我站在一旁十分尴尬，想分点给他，但亲娘用手挡住了，强行将外甥带走。外甥是哭闹着被他奶奶（我的亲娘）带走的。我走出好远，仍听到外甥委屈的哭声，那哭声叫我感到愧疚，很是不安。我那时和现在都在想，亲娘当时是一种什么样的心情，我外甥可是她唯一的孙子，是她的心肝宝贝，是她心中的太阳……

生活上对我无微不至关心着的亲娘，在学习上对我要求一直很严格。

周三和周六晚上我住亲娘家,这两个晚上,亲娘是会一直陪着我在灯下读书的。亲娘不识几个字,书是读不懂的,我读书,亲娘就做针线活陪我,不管我读到深夜几点,亲娘都一直陪着。有时,夜深了,亲娘还会下厨房给我做点吃的,怕我饿肚子。有时候,我不想看书,想偷懒出去玩耍,亲娘很少有同意的时候,每每那时,亲娘就跟我讲古戏里那些穷书生挑灯夜读勤学苦钻终于考上状元的故事,亲娘常对我说,家寒书香,穷人家的孩子更要紧着日子读书,不能浪费时光,始终教育引导我在艰难困苦的生活中不忘读书、成才、修身、济天下。

不是我娘的亲娘待我胜过待她的儿子和孙子,在我艰辛的童年和少年时光里,留下了一段让我终身难以忘怀的记忆和感动。我受亲娘之恩的那些日子里,常常有些不安,我不知应该如何承受这份沉甸甸的无私的真诚的爱与关怀,我不知道我能不能在亲娘有生之年为她做点什么,回报点什么。我也一直担心亲娘有一天在我尚无力回报她老人家的时候就离开我们,那将是我终身的愧疚和遗憾……

我的担心、我的遗憾、我的伤感、我的无奈真的来了。亲娘在我没有一丝一毫回报的时候离去,去得很突然。她走的时候,我在外地求学,甚至连最后一面也没见上,没听到亲娘临终的嘱咐,我知道亲娘闭上眼睛的时候,一定想到了我,一定有话要对我说,我是她的"七儿"啊!这是亲娘留给我的永远忘不了的痛,扎心的伤痛……

亲娘去世三年后土葬,是她留给这个世界的最后一面,让亲人再次怀念。那时我在千里之外的军营,仍然没能回去,亲娘下葬的那天黄昏,我一个人悄悄来到营房前的那条小河,面对家乡的方向,默默地叫着亲娘,愿亲娘在天之灵入土安息……

那年春节回乡探亲,我来到了亲娘的坟头,双膝跪下,如亲娘儿孙一样,为亲娘焚烧纸钱,叩头敬香……

我长跪不起,想我如娘的亲娘。

长兄如父

　　哥哥离开我们的那年才二十一岁。那时正是暑期，我放假也在家中。哥哥的病是从晚饭后开始的，刚开始的时候，只是说肚子疼，我和母亲也没多在意。哥哥小时候身体就不好，十一岁那年因为肚疾还做了个大手术，从腹中取出一个大大的肿瘤，虽说手术很成功，但老医生认为不是很乐观，很谨慎地对我母亲说："倘若三年内再发作，这孩子就没法救了。要是三年过了平安无事，那就算痊愈了。"哥哥出院后的三年里，一家人一直提心吊胆地过着日子，都在心底盼望着三年的日子快快过去，哥哥能平安躲过劫难。让一家人欣慰的是，哥哥非常顺利地度过了三年危险期，全家人一直悬着的心总算落了下来。三年的危险期一过，大家都坚信医生的话，哥哥身体已经痊愈，已是和我们大家一样健康的人。那天晚上的病谁也没朝坏处想，请了几趟赤脚医生也没请到，一直拖到了天亮才找人扎了个担架抬到十里外的镇卫生院，万万没想到，哥哥一到医院，医生还没来得及抢救，就去了。

我才一岁什么都不知道的时候，父亲离开了我们，因为年幼，并没有留给我任何痛苦的记忆，失去父亲的伤痛我是后来在母亲和哥哥、姐姐的伤心回忆中渐渐才有的。而与我朝夕相处了十几载、待我如父的兄长离我而去，成了我永远的痛。不论时光如何洗刷记忆，那份失去亲人的心痛一直陪伴着我，常常使我一个人在安静的时候伤心落泪，不能自已。

虽说哥哥仅长我四岁，但从我记事开始，我就记着哥哥一直特别呵护我。小时候家里特别穷，吃饭都十分困难，我跟哥哥都在村里上学，母亲和姐姐都要干活儿，中午饭都是哥哥做。很多时候，哥哥做完饭后，叫我先吃，而自己却到屋后的菜园干活儿，等我吃完了，他才回来，跟我一起去学校上下午课。我不解地问他为什么不吃饭，每次哥哥都是沉默不语，问多了，他就说他不饿。那时候，我年少不懂事，也不多想别的。后来我才知道哥哥之所以常常不吃午饭，是怕午饭不够，他是把饭省下来给在地里干农活儿的母亲和姐姐们吃，而自己只是在菜地里找点红薯、萝卜之类的东西充饥。哥哥常对我说，母亲没日没夜地劳作，吃了那么多苦，姐姐为了让我们能上得起学，小学没毕业就辍学回家帮母亲做农活儿，这都是为了我俩长大了有出息，我们只有刻苦学习，才能对得起她们的良苦用心。

哥哥学习一直很刻苦，成绩在班上也是好的。但初中毕业后，哥哥就坚决放弃学业。母亲要他继续上，说他成绩不错，身体又不太好，在农村干体力活恐怕拖不下来。但哥哥想到母亲年纪一天天大了，三个姐姐又相继出嫁，所有农活儿都压在母亲一个人肩上，他担心这样会把母亲身子拖垮，加上一家供两个人上学，实在是有些力不从心。哥哥心甘情愿地做出了牺牲，把继续上学的机会让给了我，而自己则过早地担起了支撑家业的责任。

为了让我能安心读书，哥哥起早贪黑拼命地干活儿挣钱，跟着母亲翻山越岭地采挖中草药，晒干后卖给药店，换点钱替我交学费，他自己则非常节省，很不舍得花钱。没有继续读书的哥哥对书特别喜爱，晚上闲下来的时候就找书读。每次去镇上，不管有多忙，哥哥都要去一趟新华书店，在那里看上好一阵子书，但每次也舍不得花钱买一本，哪怕最喜欢的，在家的时候一次又一次下决心一定要买上一本的，但一到了书店，又犹豫了，最后还是把好不容易省下来的钱给了我，让我买需要的书，等我看过了，他才接过来看。

在我的记忆中，哥哥只舍得为自己花过一次大钱，花了三十五块钱买了一台半导体收音机。在家务农的哥哥最大的烦恼就是寂寞，整天面朝黄土背朝天地耕种劳作，与外面联系极少，外面的事很难知道。那一年，他把屋前房后能用的地都种上了留兰香，没日没夜地侍候，夏收的时候，仅留兰香这一项就挣了四百多元钱，这是往年全家全年的收入。留足了我秋季开学的学费，哥哥跟母亲商量，狠了狠心，买了一台半导体收音机，这或许是全村最早的一台。就是这台半导体收音机一直陪伴着他，成了他最心爱的东西，一直到病发的那天晚上，他都听着电台节目熬过了那不堪忍受的一夜……

哥哥对我要求也特别地严。我上五年级的那年，为讨得老师的表扬，有一次我跟同桌相约把其实早有人打扫过已经很干净的厕所又三下五除二地打扫了一遍，然后在班里学雷锋好人好事表扬簿上互相表扬了一番。这事不知怎么被哥哥知道了，他狠狠地说了我一顿，他说："雷锋做好事不留名，你却是为了争得老师表扬才做好事，那能是真学雷锋吗？你这样做，既骗了老师和同学，也骗了你自己，丢了做人的诚信。"一席话说得我脸红耳赤，愧疚万分。还有一次，我爬到邻居家的桃树上摘了几个桃子吃，哥哥撞见后，坚决要我把那桃子一个不少地送回邻居家，并领着我向邻居家的大娘认错。晚上，哥哥又专门跟我说了许多做人的道理，他说："我们从小没有父亲，家里是穷，生活是苦，但人穷不能短志气，不能让别人背后说我们没有教养，我是哥哥，不但要带头做好，还要带着你做好。"那一年，哥哥才十四岁，十四岁的哥哥已承担起教育弟弟、支撑门户的责任。

是啊，长兄当父。长我四岁的哥哥时时处处都在为我做着表率，为我支撑着一片父爱的天空，如父亲般关爱和教诲着我。哥哥不幸离开了我们，在没有哥哥的岁月里，我常常感到一种莫名的惆怅和空荡，似有一种无尽痛愁缠绕全身……

哥哥安葬在我们小时候常去砍柴的那个小山包上，一个不大的坟堆，周遭松柏环抱，只是墓前没有立碑，按我们老家的规矩，碑是要逝者的下辈立的，哥哥英年早逝，没有子女，碑就没有立。其实在我心中已为他立下了一块碑，碑文就是：长兄如父。

后记：失去亲人的痛是刻骨铭心之痛，自从哥哥不幸离我而去之后，我常常在不经意间触动心弦，思念之痛让我禁不住泪流满面，以至于我很长时间没有勇气去回忆与哥哥朝夕相处的日日夜夜，更没有勇气动笔去写关于哥哥的一点文字。

今年春节回家，我带着刚满三岁的儿子去哥哥的坟上，我试图告诉儿子他未曾谋面的大伯的点点滴滴，但不谙世事的儿子没有听懂我的话，却问了一句我不曾料想到的话："爸爸，伯伯的坟上怎么没有石碑？"儿子在爷爷的坟前曾问过我，坟前的墓碑是什么。我告诉儿子，死了埋在这里，墓前都要立一块石碑，以示纪念。儿子听懂了，也记住了我的话。在哥哥坟前，没想到被儿子这么一问，我心里不禁一震，哥哥墓前至今没有立起墓碑，没有写下碑文，于是，含泪写下此文，以作碑文。

我的大姐

在我刚刚六岁时，大姐就出嫁了。大姐出嫁的那天，全家数我哭得最伤心，那时我虽小，但我却知道大姐这一出阁，不同于以往的上街赶集，以后是很少回家了。我在大姐那里得到的庇护，在兄弟姐妹中享有的种种特权也将不复存在，大姐再也不能时刻护着我了……

大姐嫁到了一个十分偏僻的湖区。姐夫是一个非常精干，心肠也特别好的渔民，日子虽然过得紧巴巴，但比我家却要好得多。每年到了放寒暑假的时候，大姐都要把我接到她家，给我做大红大紫的衣服，捕大个的鲢鱼，用湖水炖鱼汤招待我这个尚不知事的幼弟。

大姐是勤劳的，几乎辛苦了一辈子，在全乡甚至全县都有口皆碑，就连极少夸自己儿女的母亲也不时夸大姐勤快。有一次，母亲当着我们几个的面跟邻居家大婶夸大姐，特别欣慰地说："我这个大闺女真是我养的，干活儿像我。"弄得我们姐弟几个意见特别大，嚷着要母亲说出我们的"身世"，母亲被吵得没办法，只得叫大姐晚饭加了一个鸡蛋汤来平息风波。从那以后，我们嘴馋了，就会想方设法把这档事重提一遍，再搅和一下，不知为何，每次都有效，每次母亲都会叫大姐做一个鸡蛋汤来，只有这样，我们这群馋嘴猫才一哄而散……晚饭的鸡蛋汤大姐和母亲是从不动匙的，汤一上桌，大姐就逐一分给我们姐弟几个，每次大姐都会悄悄地多给我一小勺……

　　大姐读书不多，满打满算也只有两年。那时家里没有劳力、孩子多，大姐才八岁的时候，就替生产队烧开水，带着二姐爬三四里的山路，把茶水送到社员的手中，一天起早摸黑只挣二分工，年底分红的时候，算成钱才一毛多。但大姐一直坚持着，尽心尽力地用自己稚嫩的肩膀为母亲分担生活的压力。我参军时，大姐都快四十岁了，加上几十年风风雨雨艰难生活的磨难，差不多把当年认识的几个字全都忘光了。但疼我爱我的大姐硬是逼着自己用那握惯了锄头的手握起了笔给我写信。大姐的信一般都极短，我曾几次戏称为"电报"。但这"电报"却颇有深度，而且及时必要。那年，我大学毕业分配不太理想，一度情绪低落，大姐的来信只有两句话："小弟，别忘记了你是从山沟沟里走出去的，要知足。再说，你当上了军官，千万别叫你手下的战士失望。"短短两句话，已叫我惭愧至极，读书不多，在小山村里艰难度日的姐姐都能如此豁达地理解生活的真谛，我还有什么理由不安心、不努力工作呢？

　　或许是大姐过早地承担起生活的重担，生活的艰难给了大姐一种坚韧不拔的毅力。1978年，姐夫在公社煤矿挖煤时受了重伤，在病床上整整躺了两年。那时两个外甥都还小，全家生活的重担一下子落在了大姐瘦弱的肩上。大姐起早贪黑拼命地劳作，但一家五口人的日子依旧过得紧巴巴的。按理说，姐夫是因公负伤，完全可以申请集体救济，但大姐从不往那方面想。大姐信命又不信命，信是她从未回避任何突如其来的灾难，不信是她从未在这些灾难面前怨天尤人。那是1980年冬天，安徽农村刚刚实行责任制，大姐和仍躺在床上不能下地走路的姐夫一商量，决定承包一个集体一直废弃的湖汊，贷款一万多元，拦坝养鱼，并修起十多座猪圈，养了几十头猪，一下子成了远近闻名的养殖专业户。养殖这行当是一件冒风险的事，弄不好就叫人赔个精光。办起养殖场的第二年的夏天，大姐承包的那个湖汊的堤坝一夜间就被大水淹得无影无踪，年初投放的鱼苗随着退潮全部逃到堤外的大湖中，一下子就赔进去六千多元。好心人都劝大姐别费力了，老老实实种几亩地糊口过日子就行了。但大姐说那不行，赔了的就得挣回来。于是她好像忘记了自己是一个瘦弱患病的妇女，没日没夜地守着养殖场，一筐一筐地担土加高堤坝。汛期来了的时候，大姐二十四小时坚守坝堤，大雨中她扛着大捆大捆竹制的鱼竿冲到堤坝上，在倾盆大雨中支起一道坚固的拦鱼网……这一年，大姐承包的鱼塘收益近万元。

富了的大姐心里不仅仅装着自己，她知晓农家人没钱的难堪。乡里乡亲的，谁家有点什么困难，大姐总是乐于救救别人急，她家养的小猪崽极少是现钱卖出去的，即便在猪崽特别紧俏的时候，也都是让乡亲们先捉去养，等猪崽养大了，卖了挣到了钱才回头付当初买猪崽的钱。乡下有个习俗，猪崽是不能白送的，有时碰到困难户实在付不起钱，大姐就叫人家随便给上几斤饲料就算抵小猪崽的款，四村八寨的人都夸大姐心肠好。

好久没有见大姐了，真的好想大姐。不久前大姐给我寄来一大包咸鱼干，并写了一封信。大姐在信上说，去年是个丰收年，手头宽裕了，真想我这个当了军官的弟弟回去看看，说她这个有点才气的弟弟文章写得好，脑子灵，回去作作"指示"，说不准对明年的养殖大发展会有大作用呢！

是的，该回去看看了。我在外奔波了十多年，真的好想念大姐、想念故乡、想念我的父老乡亲。我想我手中的这支笔本是故乡给我的，可我却一直在写外面的精彩世界，也该写写哺育我长大的故土，写写我的父老乡亲……

水贵为礼

春暖花开的季节，正是江南最好的季节。家乡友人发来微信报喜，安徽省公布2019年第一批美丽乡村示范村名单，家乡牌楼镇大山村榜上有名。这还真算得上一件喜事，昔日水都吃不上，路也不通畅的偏僻山村，如今能在新农村建设中摘掉穷帽子，过惯了苦日子的父老乡亲终于有了心安的生活，这自然是幸事喜事。更何况大山村曾经是全国知名的先进村，周恩来总理亲笔签名嘉奖，可后来昔日的先进渐渐落伍，成为远近闻名的贫困村，往日的光环与鲜亮褪尽，交通闭塞、饮水困难成了大山村致富的拦路虎。想办法修路、引水成了大山村一代代人拼命干的事。区委书记高峰一次与我长谈，我曾经说，大山村何时能解决这两大难题，那是要上大报庆贺的喜事。高书记说，脱贫攻坚是硬仗，只要坚持不懈加油干，就是再硬的仗也能打赢。他是个干事很有激情的人，我对他说的话充满期待。富裕起来的不只是一个小小的大山村，美丽的贵池也正在这春风里走向更加幸福、更有希望的未来。

这是贵池这个江南鱼米之乡应该有的景象。贵池，取水好鱼美之意。这是五代十国时期封誉而得。

贵池名字的由来，是我长大后走出贵池好久才知晓的，可见那时候生长在此的我，并没有认真读懂生我养我的这片土地，反倒是离开久了，才真的开始想过去发生的一切，从尘封的记忆中搜寻捡拾过往遗落于年少不经事时的许多东西。

日子就是这样过来的。从年少成长时的遗忘告别，到知天命之年的回忆与回归。回归家园是这几年开始从心隅一处萌生的念头，摁不住、掐不了，是那样顽强执着地向上生长着，渐渐把根深扎，长成一片乡愁的森林，是真的想家了，想那时的一切，痛苦的、快乐的，都在想。

大山村是个行政村，有一千来户，两千多人口，散居在大大小小几十个自然村，方圆近百平方千米。我家住的那个自然村在大山村中部靠西头，冠名水塘，四面环山，三十多户人家环着山住在半山坡上，山谷有一大一小两个水潭，水塘的名字也就因此而得。村子的西边还有一个自然村，也是三十多户人家，也是住在山的半坡，是从山下上山的第一个村落，冠名龙塘，应该是取龙之头的意思。村的东边也是一个自然村，同样几十户人家也依山而居，大多也是住在半山坡上，冠名麻塘，麻塘产麻石，名字大概也就取自这里吧。

三塘相连，足有百户之多，却有一个共同而难言的苦衷——缺水。

从我记事起，就对像我们这样名字上有塘的地方吃水困难感到特别费解，也常问起母亲这个问题。母亲大都对我的这个别人从来都不会问的问题不置可否，实在问急了，也为我随便找个说法，大都是想却没想就那么随口一说。母亲整日不分白天黑夜地劳作，哪有时间精力来想我的这些在她看来没有一点实际意义的事，让我们这几个孩子吃饱肚子才是她唯一上心的发愁事，就算回答我也只是搪塞罢了。

尽管母亲深受缺水之苦，或许她比我更难以理解为什么偏偏我们这里吃水困难，但饱受生活艰难的母亲已经习惯了这种艰辛与困苦，或者说她认命了。搪塞归搪塞，但有一次，母亲的解释在我看来，是有道理的。母亲说之所以村子的名字里都有塘，也许就是因为从我们老祖宗开始，这里就缺水，所以特意起一个吉祥的名字，期盼着这个"塘"字能为渴盼甘泉的山里人带来福音。龙向来是被看作布云降雨的上苍之物，由此可见先人求雨盼水这心是何等虔诚！遗憾的是一辈辈人的虔诚并没有感动上苍，并没有降福给我们这里一辈又一辈的山里人，一辈辈的山里人就这样一直饱受着缺水之苦……

村里有口井，是一口谁也说不明白有多少年光景的老井，是村里所有人家唯一可以指望的水源。春夏季节雨水充沛，老井的出水量充足，到了秋季，出水量就变得很小，水井大多时候是见底的，特别是赶上大旱之年的秋冬天，水量就更小，只有很细很细的一条水线从山缝里流出来。村里人用山上毛竹一劈两半，除去中间的竹节后，撬进石缝里，把那一股细线般的水从那石缝中引出来，再用水桶接着。每到这个时候，村里各家各户的木桶顺次排着，接满一担两桶之后，换下一家。我们把这样担水的方式叫作"看水"，就是守着的意思。尽管轮着的时间很长，但不管白天的孩子，还是晚上的大人，大家都特别自觉，绝不会有从中加塞插队的。从我刚懂事时开始，母亲就为排队接水的事嘱咐过我们不知多少遍。母亲说，水在别的地方不值什么，在雨水多的时候也没什么，但对我们这里的人来说，到了旱季水比油还金贵。排队接水，一要守规矩，挨家挨户轮着来，只有这样，才能保证家家都有水做饭。倘若你一插队，挤了别人家的，那就乱了规矩，就会让有的人家喝不上水，吃不上饭。二是千万不要浪费水，要一桶一桶紧挨着接，换桶的时候，动作要快、要麻利，中间不可让一滴水漏掉。母亲还经常示范怎样换桶接水，生怕浪费一滴水。由此可见，水在我们水塘村有多么珍贵，母亲对水是多么看重，对教育我们如何做人是多么看重！

因为水的金贵，也就有了借的习惯。谁家要是来了客人或者别的什么紧急事，正赶上还没轮到自家接水，那就得跟有水的邻居家商量，借水以解燃眉之急。借水有从人家家中水缸里借的，也有从水井里借接水的资格顺序的，让自家能更快地接上水。借水对水塘村的人来说，是件极平常的事，几乎家家都借过水。我依稀记得，我们家借水大都是母亲亲自去借，也大都是母亲亲自去还。母亲说，只有自己亲自借、亲自还，才不会忘记还人家水，才不会在还水的时候少还人家的水。当时我们对此很不以为然，心想不就是一桶水吗，至于这样斤斤计较？说心里话，就是真的还水的时候少了点，我想邻居家也不至于为这点事计较什么，但母亲对这却格外认真，始终坚持着自己的习惯。倘若她因为忙，真的不能亲自去借，她也是要反复嘱咐，借的时候一定记住借了别人家多少，还的时候宁可多添一点，决不能比借的时候少。我们家因为没有壮劳力，水桶比别人家都要小一些，用我家小的桶借一桶，还水的时候母亲都会以别人家的水桶计量，还人家满满的一大桶。

水塘村缺水，因而有了借水的风俗。同样是因为缺水而抬高了水的价值，水也成为水塘村送人的礼物。小时候，我常听大人说某某人家儿子娶媳妇了，某某人家嫁女儿了，送上了"水礼"一份。我怎么也搞不明白"水礼"到底是什么东西。后来才从邻居家娘娘那里知道"水礼"的由来，原来竟是母亲开的头，是她的创举。娘娘说，那年她家娶媳妇，我家因为穷，没钱送别的礼物，但母亲偏偏又好强，村里不管谁家有什么事，她不管家里生活有多难，也会想方设法送上一份礼。没钱送礼的母亲实在找不出什么可以送的，想来想去，决定把家里的两担水作为礼物送给了邻居家。这让邻居家大婶既感动又很为难，感动是因为母亲把家中不多的水当礼物送给了她家，解了她燃眉之急；为难是这"水礼"收也不是，不收也不是。不收吧，母亲执意要送，说是一份心意，大婶也是性情中人，盛情难却。收吧，又于心不忍，家家就那么点水，送人了自家喝水做饭都困难。邻家大婶再三推辞，但终究拗不过母亲的诚意。从那以后，水作为礼物送人在老家就渐渐时兴开来，"水礼"也成了深受大家欢迎的礼物。

全村也有从不缺水的，那就是村里两户孤寡老人。他们无儿无女，大家管他们叫"五保户"，所谓"五保"，即由集体保证他们的"吃、住、穿、医、劳"，既然是"五保"，吃水当然也在保障之列，村里缺水，所以保证这些老人常年能用上水，也不是件容易事，就为这事，村里专门开会作出决定：不管天有多旱，水有多缺，但老人的吃水、用水都要得到绝对保证，并且明确规定，两户孤寡老人不但可以随时任意插队接水，而且可以随时在任何一个正在接水的水桶中取水先用。全村老少对这些规定都衷心维护，愉快服从。在水塘队，唯有这两位老人吃水不愁，终年没有缺水之苦。记得小时候在村里小学读书时，学雷锋做好事是那时的风尚，为孤寡老人做好事也就成为我们这些小学生常做的好事，甚至大家争着做、抢着做。我就常常从自家的水缸里取水送到老人家中，母亲对我的"慷慨"向来是高度认可的，就是家里因此断了水做不成饭也从没有埋怨过一次。

虽然水在水塘队是如此紧缺，但也有弃水不用的日子。每年的大年三十和正月初一，那口井里的水一般是没有人接的。山里人生活中讲许多道道，说岁末山神水神要到天上朝拜玉皇大帝，要在天上过年，凡间任何人都不得惊扰。一般大年三十和正月初一这两天封井，正月初二开井取水，封井和开井都要燃放鞭炮，焚烧纸钱。三十封井是送山神水神上天，叫送神，大年初二是接他们下凡，叫接神。山里人对山神、水神绝不敢有丝毫的怠慢和不敬。尽管山神水神并没有给他们带来多少恩赐，但他们仍然年复一年虔诚地跪拜着，祈求能为村里人带来好运。

唯有一代人接着一代人不懈奋斗，才有希望的明天，饱受缺水之苦而求神敬神的乡亲们一直没有放弃找水的努力。每年冬天，村里的男劳力都会上山打井找水。水井打得都很深，但不管怎么挖、挖多深，最终都是白费一场力，偶尔有几口井当时出了水，但到了旱季，水眼就枯了，仍是一口废井。缺水的水塘村就这样一年接着一年打井找水，打一口废一口，废一口再接着打，一口一口地从不停息一直找一直打，每年一到冬天，打井找水始终是村里人最迫切的任务……

年少时缺水的生活经历给了我太多太深的记忆，也深刻影响着我的成长与生活。当我走出大山告别缺水的生活，水的珍贵早已刻印在心底深处，时时牵动着我的心弦，让我难以忘怀。我离开家的日子里，已是花甲之年的母亲一个人留在村子里生活，吃水的艰难成了我最大的担忧牵挂。远隔千重山万重水，我除了牵挂与愧疚，却什么也帮不上忙。于是节水成了我几近疯狂的习惯，容不得自己也容不得别人浪费水，倘若自己一不小心浪费了一点水，心中就会陡生一种罪恶感，不能原谅自己。也容不得身边的人浪费水，只要看到就会控制不住去说去阻止，有时甚至造成双方之间的不愉快。我常常想，什么时候我能有能力帮助乡亲们吃水无忧呢？

我缺水的乡亲们就这么一辈一辈地生活在山里，过着他们恬静的田园生活，虽然缺水，但他们却舍不得离开那块并不殷实的土地，他们已习惯了排队接水，习惯互相借水，他们把水作为礼物相互赠送，习惯了送水礼……

少年时怀揣梦想离开家乡，三十多年里奔波脚步未曾停歇，童年时排队接水的那段时光驻留心间从未远去，陪伴着我走过岁月冬夏，旅途中常常想起母亲当年借水还水的背影，常常品味着"水贵为礼"的童年乡村生活，心中一直惦记着父老乡亲缺水的艰辛。

有奋斗，就有收获，一代代贵池人艰辛付出，扶贫攻坚的步伐坚实地奔波在家乡的山山水水，迎来的必将是春色满园，家乡的布谷鸟儿唱响了春天的乐章，漫山开遍的映山红把那片山、那片水装扮得更加春光无限，幸福与自豪再一次荡漾在乡亲们脸上，这是一个令人期待的春天，春天里我把那段水贵为礼的记忆化作永恒，永远珍藏在了心底……

想念家乡冬日里暖暖炊烟

都说今年冬天是个暖冬，过了三九，仍不见雪的踪迹，偶有一次天空飘落雪花，引得人们注目天际，用翘首以盼来描述一点儿也不为过，北方人冬天见到飘落的雪花竟成了一件稀罕事，三九天的风拂在脸上如沐春风，这样的气候在北方还真是少见，真的算是一个暖冬了。

京城的冬日，就在这样暖暖的冬日里，我如往常一样依然会想起家乡的冬天，想那里浸润在雨雪天的山，想从雨雪笼罩的山谷中幽幽升起的炊烟，想那里冬日的阳光，那是记忆，温暖的记忆。

童年的记忆是碎片式的，断断续续的，隐隐约约的，有纠结的模糊，也有难得的清晰深刻。温暖的阳光，给予我的就是那难得的清晰、深刻，虽说也曾有过模糊，可正是因为纠结，在纠结中模糊就渐渐清晰起来，如那从雨雪笼罩的山谷中幽幽升起的炊烟，寒冷中蕴藏着温暖，那种温暖让自己的记忆渐渐清晰了。

记忆中江南的冬天是多雨雪天气的，有时候雪是从傍晚开始下的，外面下起了雪，母亲就会早早地把大门关上，把家里取暖的炭火烧得旺旺的，做上热气腾腾的晚饭，一家人围着火炉品尝着这其实如同平常一样简单甚至应该说是清苦的晚餐，但因为屋外有飘落的雪花，屋子里有烧得旺旺的炭火，有母亲亲手做的热气腾腾的饭菜，暖意就从心中升腾起来，这样的晚餐虽说简单得不能再简单，但却是温暖幸福的。这样的夜晚家里是温暖的，整日操劳的母亲也只有每年到了这样的时节，才会些许放缓因为生活艰辛而长年步履匆匆的脚步，不用再摸黑在外面辛苦劳作，可以与我们几个孩子团聚在一起吃顿晚饭。长年辛苦劳作的母亲很少有同我们同桌吃饭的时候，她手头似乎总有忙不完的活儿，她的一日三餐也是极其简单随便的，她似乎轻易不舍得花上一点时间坐下来踏踏实实地吃顿饭，但屋外的大雪终于可以让操劳的母亲放缓脚步，一家人坐在一起吃顿饭，即便是只能填饱肚子的粗茶淡饭，那一样是幸福温暖的，还有那被母亲烧得旺旺的炭火一同留在了我记忆的碎片中，一年一年地温暖着我的记忆，焕发着似乎永不枯竭的激情。

村里有户独居的储姓老奶奶，无儿无女，老伴是去了还是从没有结过婚，我没记住，从我记事的时候就觉得储奶奶很可怜，尽管她住在侄儿家的隔壁，但生活同样艰难的侄儿一家也实在照顾不上可怜的她。储奶奶独居的小屋是她侄儿房子的脚屋，平时是独自开伙。母亲常常叮嘱我们要留意储奶奶家的烟囱，特别一到这样的雪天，母亲一定要让我们盯着储奶奶家的烟囱，看有没有炊烟升起。母亲说，储奶奶年纪大了，又是一个人开伙，咱们能帮上一把就帮上一把，要是看到储奶奶家的烟囱没有炊烟升起，一定要去看上一眼，并给储奶奶送去家里的菜饭。母亲的这个叮嘱，我们不敢有什么马虎，因为母亲看重这个。记得有一次傍晚的时候下起了大雪，天黑得很早，再加上雾气重，离得并不远的储奶奶家笼罩在夜色中已无踪迹，我看不清那天储奶奶家的炊烟究竟升起了没有，对母亲的询问也是不置可否。当一家人围坐在一起吃晚饭的时候，母亲盛好热腾腾的饭菜带上我，冒着风雪给储奶奶送去。那次正如母亲猜想的那样，储奶奶并没有开火做饭，我和母亲赶过去的时候，储奶奶已经早早地上床休息了。母亲轻轻地叩门，悄悄地把储奶奶的晚饭安置好，并帮着把屋里的炭火生旺。我问母亲："储奶奶的侄儿一家不照顾储奶奶吗？"母亲说："别人家的事我们不好过问，我们尽我们的良心。"我问："为什么我们照顾储奶奶还要这样偷偷摸摸的，不让储奶奶侄儿一家知道？"母亲说："要是让储奶奶侄儿家看到了，人家也会难为情的，乡下人家家都有一本难念的经，咱们尽点善心做点好事是我们的心意，别让别人难为情。"年迈的储奶奶抓着母亲的手，老泪纵横，那一刻我的眼泪也情不自禁地流了出来，屋外大雪纷飞，寡居的储奶奶那小屋子里却是温暖如春，那一刻我终于理解了母亲为什么一定要我们在雪天里盯着储奶奶家的炊烟是否升起，那升起炊烟就是一份温暖，时至今日，我回到老家，总还不由自主地朝着当年储奶奶居住的小屋的方向望去，找寻着当年那袅袅升起的炊烟，尽管那里早已没有了当年的那间小屋，储奶奶也早在三十多年前就已去世，村子里也很少有人还记得当年村子里还生活过这样一位孤苦的老人，但那雪天里升起的炊烟已深深地印刻在我的脑海里，留下的是那温暖的记忆。

　　童年家乡冬日里温暖的记忆，总是与寒冷相伴。我九岁那年的冬天，江南老家下了一场大雪，天气异常寒冷。那一年家里终于还清了父亲治病欠下的债，第一次在生产队年底分红时成了"长钱户"。那时是大集体劳作，出工记工分，到了年底结算分红，分红的钱除去在集体借债如果还有结余，那么你这一户就是"长钱户"，如果还有欠债没有还清，那就是"短钱户"。父亲病逝后的八年里，我们家一直是"短钱户"，母亲领着几个还未成年的姐姐没日没夜地在生产队挣工分，一点一点地还着父亲治病欠下的债。这一还就是整整八年。这八年里，母亲究竟吃了多少苦是难以表述的，四十多岁的母亲就已腰弯背驼。但吃尽了人间艰辛苦难的母亲无论日子过得多么艰难，都从没有向生活屈服，从没有放弃对好日子的向往追求，没有忘记对生活的感恩。生活艰难的日子里，乡邻和一些亲戚给予我们家不少帮助，母亲对这样的关照特别感恩，一直谨记在心，常常讲给我听，叮嘱不要忘记人家哪怕是一丝的好。就在还清欠债的那年春节，母亲终于舍得把辛苦了一年饲养的猪杀了过年，在这之前的八年里，我们家饲养的猪都是卖给收购站还债，是舍不得杀猪过年的。还清了欠债，母亲终于可以长舒一口气了，终于可以像别人家一样杀猪过年，我们知道这是母亲想让我们过一个幸福、富足的年，也可以借此来答谢邻居亲朋多年的关爱。这份感恩在母亲心中已经好久好久。

我有一位大伯，和父亲是出了"五服"的族兄弟。父亲在世的时候，两家走得还很近，特别是父亲治病的日子里，大伯对父亲照顾不少。母亲说父亲在世的时候曾经答应将我们兄弟姊妹中的一个过继给没有孩子的大伯，好为大伯大妈养老送终。这种方式的过继在当时我们老家并不少见，父亲也许只是与大伯一次聊天时说说而已。父亲走后，大伯大妈也没再提起这过继收养的事，或许他们开不了这个口。

母亲并没有忘记这件事。那年家里成了"长钱户"，又杀了过年猪，母亲叫我和三姐带上礼物去给大伯大妈拜年。不巧那年春节前的一场大雪封住了出门的路，大伯家住在离我们家足有四十里路的邻镇。大年初二，母亲犹豫了半天，还是决定让我和三姐踏雪出发，母亲说给大伯拜年过了初二就不算恭敬了。母亲把我和三姐足足送出了十里山路，等出了大山，路上雪浅了不少，才放心让三姐带着我走那么远的雪路。那年三姐也才刚刚十五岁，我们俩在雪地里走了六个多小时，到了天快黑的时候终于到了大伯家所在的唐田镇，没想到进镇还要过一条河，过河的桥是由十几根工字钢铺成的，冰雪结在铁桥上，特别滑，我和三姐在桥前徘徊了好久也不敢过去。路过的人问起来，指着河对面有炊烟升起的那排房子，说那里就是我大伯的家。天渐渐暗了下来，我和三姐眼巴巴地望着那隔河升起的炊烟,急得差点哭了。最后在好心人的帮助下,我们几乎是爬过了铁桥。找到大伯家的时候,天已是漆黑一片。那次拜年留给我的记忆太深刻了,也是那次拜年,母亲兑现了父亲生前对大伯的承诺,把刚刚能为母亲搭把手、出把力的三姐过继给了大伯。多年后,三姐尽了孝道,把大伯大妈送终安葬后,母亲才在一次与我们唠家常的时候,说出了她为什么要在那年下定决心叫我们去给大伯拜年。母亲说父亲走后她心里一直记着父亲生前送一个孩子给大伯的许诺。之所以之后八年迟迟没有主动去张罗这个事,是想着我们还小,去了大伯家怕给生活也不宽裕的大伯添加困难。母亲说,父亲当年只是跟大伯说过继一个孩子,并没有说定是男孩还是女孩,所以只好安排我和三姐一起去拜年,好让大伯大妈挑自己中意的。多少年后,每每想起大雪里母亲安排我和三姐去给大伯大妈那次拜年,我依然被母亲的细心和诚心感动落泪。

参军离开家乡,天南地北地奔波,家乡成了记在脑海里的画面,每每在日落西山的时候,总是情不自禁地想起那留在心里的炊烟,随着那缕炊烟升起的是一股沁人心脾的暖流,那是冬天的温暖,那份温暖永远留在了心田,也永远留在了我遥远的故乡……

冬日雪野,寂静的山村里袅袅炊烟依然缓缓升起,里面蕴藏着多少暖意,我在这个暖冬的京城温暖地遐想……

老屋后的枣子熟了

　　又到了暑期，正在上初中的儿子正计划着假期的安排，看到孩子兴奋，我突然想起自己如他这么大的时候过暑假的事了。正当我沉浸在久远回忆中的时候，老家的堂弟打来电话，说老屋后的那棵枣树今年结的枣子出奇多，问是不是等熟透了寄点过来尝尝。堂弟是个木讷的人，很少给我打电话，但因为这棵枣树开春后已打过两次电话来，上次打电话来的时候正赶上京城不期而至的一场春雪，堂弟打电话告诉我老屋屋后那棵枣树开始转绿，特别强调我担心的去年没有长出新叶看上去像是已经枯死的那半边老枝也吐出了新芽，这让我兴奋不已，我叫堂弟赶快拍张照片传给我。

　　老屋屋后的那棵枣树比我的年龄还要长出一倍，我记事的时候这棵枣树就已经是很老的样子，年年都挂满又大又甜的红枣。几乎是枣子刚长出的时候，我就开始每天爬枣树，枣树成了我孩提时难得的嬉戏之地，枝繁叶茂的枣树好像一个宽广无比的怀抱把我紧紧地搂在怀里，骑在枣树树杈上读从伙伴那里借来的小人书，任自己思绪驰骋千里尽情地想山外的世界究竟是什么样子，在枣树上一藏就是大半天，这样的时光对那时的我来说就是最最快乐的了，至今仍常常忆起。

老家的那棵枣树可算得上我们家的功臣树。每年到了枣子成熟的时候，母亲就安排我们十分小心地把红通通的枣子从树上摘下来，扛到十多里外的集镇上去卖，换回来的钱给我们交学费、买笔墨纸张。那时候还不时兴摆摊售物，尽管卖的是自家产的东西，但仍被划到需要割的资本主义小尾巴上去而受到严格管制。也许是镇上的人对母亲为人的敬佩，我们家在镇上卖枣子从没有真正被没收，大多时候是睁一只眼闭一只眼，有一次，和别人在一起买，公平起见就都被没收了，也是事情过后把没收的枣子原封不动地悄悄退还给我们。母亲说这是大家对父亲当年在公家做事的时候积下仁德的回报，从那以后母亲就不再到镇上卖枣子了，而是把枣子作为礼物送给平时对我们家特别照顾的乡亲。

老家的那棵枣树也是一棵很有传奇色彩的树。有一年春天，正是枣树开花的时节，一场暴风雨不期而至，把已在授粉结果的枣树打得枝断花落，那一年全村的枣树最后能挂果成熟的少而又少，而我家那棵枣树却在暴风雨之后再一次开花，并且结出了比往年更多更大更红的甜枣。物以稀为贵，那一年老家的那棵枣树结出来的枣子自然成了上等的稀罕物，有人叫母亲把枣子背到镇上趁这个难得的机会卖个好价钱，但母亲除给我们几个孩子一人分了几个外，把剩下的枣子挨家挨户地分送给全村所有的人家，母亲自有她的想法，她认为老天爷叫我们家的枣树能躲过风雨之灾，这不是我们一家的福分，那应该是全村人的福报，全村人都吃上这棵枣树上的枣子要比自家独自享受有意义得多，母亲自有她对幸福的理解。

也许是年老的缘故，有一年老家的那棵枣树有一半在另一半已是枝叶茂盛的时候才开始萌芽，好似冬眠睡过头一样。等到另一半开始挂果的时候，它也没有开花，叶子也只是长出一丛丛嫩绿的新芽，就再也没有长开来，好似一个孩子停在了婴儿时期没再发育一样。这样一个情形对于我们这些孩子来说，也只是对今年枣树少结一半果子感到惋惜，再多一点也就是由此会少买一些文具的遗憾，别的我们是不知晓的，也没有那么多的兴致去顾及这些。但包括母亲在内的村里的大人们却不这么简单地看了，在他们看来，枣树如此这般是年份不好的兆头，村里人都感到很是不安。乡里乡亲的不安让母亲感到好像是自己做错了什么，枣树的反常表现也似乎与自己有着必然的关系。母亲找来斧头，要把那半棵枣树砍了。我坚决不同意，认为枣树也许只是病了没赶上季节，明年一准没事的，要是真的砍了半棵，我们家的损失就大了，我的学费和买笔纸钱就会受到影响，再说少了那一半，我的"枣树王国"也就不复存在，我也就不能如以往那样藏在茂密的枝叶中悠然如神仙一般看书休闲了。但母亲坚持要砍，她说不能因为我们家的一点小利就不顾村里人的感受，如果真的能给全村人带来好年头，就是把整棵枣树都砍了也在所不惜。谁也阻拦不了母亲，那半棵枣树终挡不住山里人的口诛，在给我们带来许多欢乐和幸福之后无奈地牺牲了自己。砍下的那半棵枣树一直放在老屋屋檐下，当年母亲说什么时候把它锯成板材找个工匠打一个饭桌，母亲说枣树材质好，板子的颜色也非常好看，做桌子一定是好的。只可惜后来我就去外地上学接着又参军离开了家，只留母亲一个人在家中，她也就不再提打桌子的事了，但对于当年下决心砍了那半棵枣树一直心痛不已，对打桌子的事虽不再提起，但我知道一定也在她老人家心里记着。母亲病逝后，我找了一个手艺很好的木匠把那半棵枣树按母亲当年的想法打了一个四方桌。桌子打成以后，正如母亲当年讲的那样，真的十分精致漂亮，放在老屋的正堂，显得特别庄重，只可惜母亲看不见了，我想母亲在天堂里看见，也会感到欣慰的。

我参军入伍后，到了枣子成熟变红的时候，母亲就开始琢磨怎么才能让我这个远在千里之外的孩子也能吃上，那时候还没有现在这样快捷方便的特快专递，新鲜的当然是不行的，每到枣子成熟的时候，母亲就从树上挑选一些又大又红的枣子，然后精心地把它晒干，找人给我寄去。我在陕北、河南当兵的时候，驻地都是有名的红枣之乡，很多战友对母亲专门从老家寄来红枣很是费解，但我是知道的，母亲寄给远在他乡孩子的决不只是普通的红枣，她是把她对儿子的想念、疼爱，还有记忆中家乡那份温暖随着红枣一同寄了过来。

　　母亲走了，再也不能给我寄红枣了。老屋的那棵枣树依旧年年开花、年年挂果，听邻居说这些年枣树结的枣子明显比以前母亲在世的时候少了，枣子红了的时候村里的孩子还会同以前一样来采摘，我想这也合了母亲的心愿，只是现在已没有母亲在树下一遍又一遍叮嘱他们上树要小心，别伤着自己也别伤着枣树。

　　枣树承载着许多儿时的回忆，记载着许多喜怒哀乐的情感岁月，人会老去，树亦会老去，但记忆不会老去。老屋屋后的那棵枣树虽然老了，但依然会发芽转绿、开花结果，年复一年，周而复始。正如人一样，枣树终有一天也会老去，不再发芽、不再开花结果，但老去的枣树依然会同以往所有的故事留在人们的记忆里，是那样清新、感动。

底色

  时光流转，这一年的端午与父亲节前脚跟着后脚，刚过完传统的端午节，这节过得既有文化又颇有口福，诵读纪念诗人屈原的诗歌尚且余音缭绕，从西方舶来的父亲节接着就上演了一场扣人心弦的情感大戏，一首《父亲》唱得当了父亲的男人们心里暖暖的。

  今年高考大战之后，读高二的儿子自然就成了下一场高考大战的战士，尽管谁也没有刻意制造紧张，但备战的气氛还是明显浓烈起来。端午节自然没有他休息的理由，埋在题海之中倒也没有喊一声累。到了父亲节，我根本没有从他那里得到祝福的奢望。晚间微信刷屏，儿子自弹自唱在书桌前录制而成的《父亲》悠然响起，儿子说这是他送给父亲和天下所有父亲的歌。听了儿子唱的这首这一天里也不知听了多少遍的歌，我终于抑制不住自己的情感，泪水浸润了我的双眼，我感谢儿子的祝福，这是不善于表达情感的儿子的真情流露，这让同样不长于表达感情的我着实有些无措，也有实打实的感动。

这种无措和感动让我想起了我的父亲，我对父亲的祝福何以表达？这种亲情的表达如何才能更加自然而又内敛深沉？这也许就是我们常说的家风的力量吧。

严格地讲，我对父亲的记忆是长大后在大家的讲述中建立起来的，父亲在我一岁的时候就永远离开了我们。父亲是一名抗美援朝的老兵，参军的时候都二十八岁了，我想他也许是年龄最大的新兵了。抗美援朝胜利后，父亲从战场上回到家乡，上了战场的父亲没有获得军功章。父亲如同一个孩子天经地义要承担对家的义务一样，他没有任何企图、没有任何设计、没有任何顾虑地参军入伍上了战场，仗打完了，同样没有任何要求、没有任何奢望地脱下军装回到乡里。与父亲同时入伍的孙叔叔每次跟我谈起我父亲，总是那么一句话："大老陈是个实在人。"父亲的实在在乡邻间是出了名的。全民大炼钢铁那年，父亲作为生产合作社的干部，带头将家里好不容易盖好的三间瓦房无偿让给了集体，全家又住进了茅草屋。我记事后，问起从别人口里听到的这个"父亲让屋"的故事，母亲跟我说，父亲在世的时候给她的解释就是一句话：要是干部都不带头吃亏那群众怎么心甘情愿地吃亏？母亲说父亲就是这么一个人，为公可以不讲条件，为私要讲规矩。

父亲的为私要讲规矩是一条谁也不敢触碰的"高压线"。父亲一次去县里开会，或许是为了节省从镇上到县城来回的两元钱路费，或许是因为要走到十多里外的镇子上才能坐上汽车，多走了许多冤枉路，我想这两种原因也许都有，父亲选择了步行。近百里的路途，父亲整整走了一天。后来，大队会计要为父亲记上这来回途中两天的工分时，父亲拒绝了。父亲说："路上花的时间算不上出工，没出工就不能领工分。"会计说："那把路费折成工分记上吧。"父亲说："以前没有这样算过，如果这样记上那就坏了规矩，不能记。"会计说："那你就少了两天的工分，吃亏了。"父亲说："当年当兵天天行军打仗，不知走了多少路，那是扛着脑袋扛着枪赶路，大家心中只有消灭敌人打胜仗，谁也不会想着怎么怎么就吃亏了，与打仗比起来，现在到县上开会走点路算得了什么？"

大老陈，是村里上了年纪的老人对我父亲的称呼。父亲离开我们已经整整四十五周年，时至今日，村里的老人仍旧如当年那样亲切地叫着父亲"大老陈"，依然亲切地讲述着他们心中"大老陈"的岁月往事，依旧怀念着父亲身上的那股傻劲。

父亲把这股傻劲变成家风。母亲常说，父亲在生产大队当大队干部时，我们家只有吃亏的份，别想能沾上一点什么光的。那时候，大队是没有食堂的，上面有人下来，大都是吃派饭。父亲常常把人带到家里来吃，有时候家里吃饭都吃紧，父亲陪着上面来的人坐在堂屋说话，母亲只好从后门出去向邻居借米借菜，母亲说父亲不会顾及家里能有什么好东西招待人，他只要求不能怠慢了客人。而这样的招待，父亲又不会去找公家来补贴，招待积下来的亏空只能靠全家人在接下来的日子里从牙齿缝里省出来了。好在母亲从来都顺着父亲，给在公家做事的父亲撑足了面子，而把操劳全部压在了自己肩上，从不埋怨。母亲说，这是父亲的性格，也是他做人做事的规矩，性格他改不了，规矩他是不可能破的，最好的办法就是应着他这样的性格和规矩。父亲也知道母亲的难，常对母亲说，吃亏是福。

信奉吃亏是福的父亲，以他的性格和把握的规矩滋养着家风。我小时候，家里的生活是很难的，我们那个地方是茶区，吃的是定量供应的计划粮，常常到了月底的时候就没了米，就只好向邻居家借。每次从邻居家借米，母亲都要亲手用自家的米斗量一遍，等还米的时候，再用我们家的米斗量好，每次量好了，母亲都要再添上一些。母亲说，这样就能保证还人家的米不会少。母亲说，人家借米给你是帮你解困，如果不上心还让人家吃了亏，那不仅做人没有信用，也会伤了感情。

"人家借我一尺，我还人家一丈。"这是母亲信奉的做人原则，也是她对我们的要求。母亲说："你爸走了，但你爸在世的时候留下来的规矩，我和你们都不能忘记。"

后来，母亲来北京跟我们一起生活。离开故里告别乡邻的母亲一时难以适应城市生活。母亲说，她最放不下的是村里人办红白喜事的时候，她得不到信儿就随不上礼。母亲非常看重这个。母亲说，父亲病逝的时候，乡下人的生活都很困难，开追悼会的那天，四乡八寨的乡亲都赶来了，生活拮据的乡邻带来了家里的粮食和各种物什，帮着料理我父亲的葬礼。母亲说，这份情永世也不能忘，一定要敬还这份情。这么多年来，不论生活多么艰难，母亲一直在还这份情，不论是谁家有什么事，母亲一定是要随上一份礼的。有时候实在没有东西可以拿得出手，母亲就想办法给办事的人家挑水送柴。我们村一到秋冬季节就严重缺水，吃水要从很远的一条河里挑，或者从村里那口老井残存的一线泉眼里排队接水，从河里挑水一个上午紧赶也就能来回两趟，从泉眼里接水一个昼夜也就七八担水。母亲总是提前好多天就开始准备，用水缸把水储备起来，等到邻里家办事的时候把水送过去，村里人把这称为"水礼"。母亲就是这样辛劳，坚守着做人的本色，教育引导着我们一路前行。

2011年，市里提议在家乡大山村修建一座荣誉坊，以此纪念父亲这辈人艰辛而辉煌的奋斗史。选址的时候，村里领导与我商量，看能不能就建在我家老屋旁边的那块空地上，说这样就不用花钱征地，而且位置也很合适。我没有任何犹豫地答应了，父亲、母亲都不在了，我成了这个家做主的人，我没有理由不答应这个要求，当年父亲为了集体可以让出三间瓦房，我为集体让出一块地是再正常不过的了。负责筹备的同志让我来写荣誉坊的铭文。我想，我们这个民族强大复兴的力量之源在哪里？在端午节一个民族几千年接力怀念的真情里，在一个个普普通通家庭世代对先辈信念的默默传承与守望里。

写下这段文字，以此纪念告慰先辈，也是教育感召自己。

雪的冷是家的暖

　　小时候住在江南，那时江南冬季是常常会下几场大雪的，特别是老家那个小山村，雪常常是傍晚时分或者是半夜里开始下，而且下得实在，等你早晨一开门，大雪已经把屋外的一切覆盖得严严实实，满眼的洁白。山野里的雪存留的时间也久，有时候到了阳春三月春暖花开，大山深处的山洼里还有积雪未融。对寒冷的记忆因为家境生活的艰难而更加深刻。然而，深刻不是加重寒冷的记忆，而是经过岁月的浸润，那些少年时寒冷的记忆愈加清晰起来，常常在不经意间闯进来，弥漫一种暖意。对江南山村里冬天的记忆是温暖的，温暖如冰雪消融之后水塘边柳条吐出鹅黄的嫩芽，幼年艰辛生活在这温暖的记忆中也变得温暖起来，缺衣少食的记忆也渐渐隐去，或许是藏到了心底的一隅。

　　当下已经是信息的时代，天南地北的事能够迅疾传达到世界上任何一个想了解、想走近的人那里，关注成了信息传递最为重要的牵引。这些日子里，关于寒潮来袭的消息正通过不同的传播方式和途径在大江南北迅速传播开来。家乡池州将遭遇暴雪、迎来有记录以来的极寒天气这条消息也从家乡亲人和朋友那里不断地传来，这其中池州新任市长雍成瀚接连发来的几条池州人民正积极应对暴雪的微信让我心中陡生温暖，雍市长以诗言志抒情，情感真挚。我与雍市长是他当选市长后来京出差时认识的，互留微信后，他说以后会通过微信介绍家乡的情况，没承想这之后他发来的微信就是家乡遭遇极寒天气的消息，市长字里行间对老百姓生活的悲悯与牵挂，让我这个在外的游子心生温暖，有这样的政府在，家乡父老乡亲的生活就不用挂念了。这也许也是对寒冷心生温暖的缘由吧。

我十七岁那年参军离开家乡到了陕北，也是从那时起，才有想家的愁绪，才有了家乡的感觉，人也是离开了家才能更加真切地感受到家的意义。到陕北第一年春节，那里下了一场从没有见过的雪，雪下得并不大，与以前在江南老家时见过的水雪却是不同的，那是干雪，水分少，抓在手里轻飘飘的。冬季本就特别寒冷的大西北，因为这场不期而至的雪更添寒意，对于我这样从小在江南水乡长大的人来说，这样的冷以前是没有见过的，加上当兵是第一次出这样的远门，置身如此茫茫雪原之上，思乡之情从心底深处幽幽而生，慢慢地从全身扩散开来，眼眶渐渐地湿润起来，我努力地控制着情绪，这样的泪水我不想流，我心中记着母亲的叮嘱。

参军离家的那天早晨，母亲说的最多的一句话就是叮嘱我到了部队不要想家。我知道，母亲知道她这样的嘱咐也只是一种临别安慰，不想家是无论如何也做不到的。我当兵是在贵池中学报的名，体检合格后才将名额转到我户口所在的乡镇。村里和镇上担心我当兵走了，家中老母亲没人照顾，就动员我放弃参军名额，母亲知道后，从家里走了十多里山路赶到镇上，当着镇上领导的面亲口承诺我参军后她不需要镇上村里照顾，什么困难她都可以自己解决。母亲的承诺是为了让我能安心地走进军营。我参军后，母亲一直坚守着自己的这个承诺，一个人在家劳作着家里的那几分薄地，无论有什么困难都是自己克服，甚至连我几个姐姐也不麻烦，这是母亲的个性。

参军到部队后，我先在连队当文书，在指导员的指导下，组织带领团员青年在驻地开展学雷锋做好事活动。春节里那次活动重点对驻地烈军属开展扶贫帮困慰问活动。走进一个个家门口挂着"光荣人家"军属牌的烈军属家，我就想起远在千里之外的母亲，我家大门左右挂着两块军属牌，一块是父亲抗美援朝参军时挂上去的，一块是我参军时县里挂上的。往年过年，村里也会有人给烈军属送去年画表示慰问，村子周边没有驻军，春节里母亲也盼不到穿着军装的人来家里，我知道那一定是母亲特别想的。

就是我参军的那年春节，正当我所在的军营驻地下那场大雪的时候，老家也下了一场大雪，只是与我所在的西北下的雪不同而已。南方的雪水分大，容易形成冰冻，常常会压伤庄稼、压断树木，甚至会压垮房屋。大雪一直下着，风又大，母亲一个人在家里，担心着地里庄稼、树木，也担心房子会不会被越下越大的雪压垮，而此时母亲心中更挂牵的是我，虽说她并不知道我当兵的地方会不会下这么大的雪，但离开了娘亲的儿子是她最大的牵挂，超过了风雪压垮房屋可能身无居所，超过了一切生活的艰难。母亲一辈子受过太多的苦，但母亲始终说，只要孩子们好，一切都好。

老家的那场大雪还是压垮了老屋的一间角屋，正屋幸免遭难，全靠母亲在暴雪寒风中每隔几个小时就爬上屋顶扫雪，哪怕是漆黑的夜里，哪怕是大风差点把她从屋顶吹倒。这一切是时隔十多年后母亲才在一次闲聊中告诉我的，在这之前我并不知道我不在母亲身边时，孤零零的母亲是多么无助，那种无助，没有亲身经历的人，是不能够真切体会到的，无助的母亲是多么渴望身边有她可以依靠的孩子。但母亲却独自默默地承受着孤独与艰难，守护着家、守护着远足的儿女年少时留下的无论是幸福还是苦难的家园。

我曾责怪过姐姐，为什么不把母亲接到身边一起过年，姐姐满脸委屈，说："哪儿是不接母亲到一起过年，是磨破了嘴皮也请不动母亲。"母亲说："这你不要冤枉了你姐姐，你姐姐一再要接我去城里过年，是我自己不愿离家。"我问母亲为什么，母亲说："乡下人习惯在春节前后嫁女儿、娶媳妇，你离家当兵去了，陈家这个门户我得帮你顶着，我不能把门一关就闭门谢客呀，要随礼恭贺乡邻的喜事。"我知道母亲向来是非常看重这些的，就是后来她为了照看孙儿离开老家到了京城，仍惦记着邻居家的红白喜事，叮嘱我一定要托人把我们的礼随上。

母亲说这是做人持家的礼数，是撑门楼子的事，缺不得，更省不得。我不敢马虎，尽可能地做到让母亲满意。在我小的时候，家里生活特别艰难，母亲曾经以水为礼，在乡邻办红白喜事时，把积攒下来的水挑到邻居家，水在我们缺水的小山村有时候比油还金贵，素有水礼之说，水贵为礼，贵在稀缺，贵在礼数。

母亲常说，做人要守本分，与人为善是本分的基础。母亲之所以春节不关门的另一个考虑，是我家门前是一条大路，每到春节来来往往走亲戚的乡亲都把这里当作歇脚喝茶的地方，更重要的是可以在这里将在雨雪中弄湿的鞋袜烘干，母亲一定会在家里生起几盆旺旺的炭火，等候着来来往往的乡亲。同时，我家也是乡下要饭的人常常讨口水喝、讨口饭吃的老地方，母亲担心她要是把门一关走了，叫这些本就很难的人怎么过这个冬天。记得母亲常说，我们家虽说难，他们比我们更难，能帮就帮一把，积积德吧。

依旧不时收到雍成瀚市长发来的微信，依旧是写景抒情言志的六言或七言律诗，画面里已有春意萌动，那透着春的气息的花苞，与一市之长那份殷殷为民的情怀让人顿感温暖。家乡池州的大雪已过去，春天的脚步正一步步地近了，在京城度过春节的我，每天清晨一如往日早早地起床，推开窗户，向东南方眺望，望远处的山，想那里的人……是不是该回去看看，甚至可以在好久没有歇住的老屋住上几日，那一定是好的，好的岁月……

我有了期待，如同那年参军的第一年春节在陕北的我的期待一样，想起家的味道……

醇香满屋

江南的春节前后是一年里最冷的日子，那种冷是阴冷，加上江南那个时节多雨，屋里屋外一样冷。因为天气阴冷，每年一到冬月，家家户户就开始在屋里生起火桶烘火，一家人闲下来了就围坐在火桶旁取暖，那样的记忆直到今日，依旧还是生于心底的温暖，那温暖里还有那溢满全屋的醇香。

我三十多年前离开家乡，从此奔走在大江南北，步履匆匆，难有时候停下细想那存于乡土的生活，有时甚至怀疑那些记忆是不是仅存于故乡而没有存于内心，忧心那些记忆会不会也如存于故乡老屋的老物件那样，在岁月流淌中渐渐丢失。今年春节，留在京城过节。一位同乡友人有一天没有任何提示就送给我一瓶自酿的米酒，说猜我一定喜欢。我迫不及待地拧开瓶盖，一股久违的熟悉味道扑面而来直抵心田，那一刻我心都醉了……

那味道深藏心底已是久远的事了，瞬间打开的是尘封于心的童年记忆，那是母亲辛劳慈爱留存于心的记忆，那是故乡存于心田的味道，记忆温暖，味道醉人。

我记忆中母亲很少有工夫做炊事活，就是平常的一日三餐也常让我们几个孩子来承担，母亲没日没夜地干地里的活，在那个集体劳动记工分的年代，母亲一天的工分跟同组的男劳动力一样，都是十分。为了多挣工分，母亲必须像男劳动力那样拼命干活儿，只有这样到了年底队上分红时才能做长钱户，摘掉戴在头上的短钱户的帽子。那样，母亲也就可以松口气，带着我们过一个有盼头的年。

小时候家里穷，也就对过年能吃上多少好吃的不抱过多的希望。比如像邻居家那样做一盆甜酒，这对于我们家来说就是奢望。做甜酒要用糯米，那是一种比糙米金贵得多的米，这对平时吃饱饭都困难的我家来说，是不敢多想的事。母亲也知道我们心里藏着的那点小心思，有一年，或许是为了安慰我们几个，说她就是担心做不好甜酒糟蹋了粮食，我们信母亲的担心，母亲做这些的确不在行，母亲常年干的是地里的重体力活，哪里有时间去做甜酒呢！直到有一年，出嫁的大姐特地给家里送来两升糯米，说是备着到了年关做一盆甜酒。

从大姐送来两升糯米那天起，我们姐弟几个就盼着早一天能吃上自家酿造的甜酒。其实甜酒我小时候每年是能吃上一两回的，那是春节里到姑姑家拜年，姑姑家在产粮区，每年过年都要自酿甜酒，去拜年时就能吃上一碗，可拜年也是派代表去的，并不是人人都能去，母亲大多时候是叫我去，哥哥、姐姐则是隔着年去，所以说哥哥姐姐他们并不是每年都能吃上甜酒，他们或许更加期盼自家也能酿一次甜酒解解馋，对我们这点小心思母亲心里当然更清楚。离过小年还有好几天的一天晚上，母亲忙完手上的农活儿，决定提前把甜酒做了。其实几天前母亲就托人从街上捎回做甜酒的酒曲叫我收好，从那时起，我心里就知道今年家里的这盆甜酒是一定会做的，并且还不会等到很晚。我并没有把这些告诉哥哥和姐姐，母亲没让我说，我自然是不会说的。

在这之前，其实母亲也曾做过甜酒。自从那年父亲病逝，家里生活的担子就全压在母亲一个人肩上，母亲就再也没有做过甜酒了，没有了时间精力，更没有了条件，能让一家人不饿肚子已是十分艰难，哪里还顾得上做甜酒。这中间隔了至少七八年的时间，再次动手做甜酒，对于早已把自己当男劳动力用的母亲来说，真是有些为难她了。那次做甜酒，手法已很生疏的母亲做得格外小心，一边回忆着当年做过的程序认真去做，一边跟我讲这些年家里家外生活的不易，我那时还小，对母亲所讲的理解得并不深，只是觉得家里也能做甜酒是一件高兴的事，别的我就没去想了。多少年后母亲在京城也曾想过自己做甜酒，只是当时没地方买到酒曲就只好作罢。母亲跟我聊起小时候那次做甜酒的事，母亲原以为我早就把这陈年老谷子的事忘了，没想到我依然记得那样清晰，还记得母亲当时说过的那些话。母亲说，那时候家里穷，填饱肚子是头等大事，真不舍得用那么好的糯米做甜酒，能过苦日子，就不怕以后过不了好日子。母亲的话再一次深深触动了我，我更加深刻地理解了母亲当年跟我讲的那些话，她是安慰，更是要求和鼓励。成长时光里虽然困苦始终逼迫着，但在母亲的精心哺育下，我们勇敢地走过了那一段艰难的岁月，收获了成长的自信与坚强，少有甜酒醇香陪伴的成长时光一样温暖阳光。

我参军第一站到的是陕西，汉中素有"小江南"之称，那里产黑米，那年探亲我给母亲带了一点儿回去。母亲从没见过这种黑颜色的米，很是稀罕，叫我给邻居家都送了一些让他们也尝尝鲜。母亲说，前些年家里日子苦，有时候没米揭不开锅临时找邻居家借米救急，苦日子熬出来了，也不要忘了过去人家的好，滴水之恩当涌泉相报，知恩图报是做人的本分。母亲看汉中黑米有糯性，就把剩下来的一点做成了甜酒，在我准备归队的头天晚上，甜酒的酿香已从被窝里飘溢出来，母亲为我煮了一碗，我品尝了母亲亲手为我酿制而成的甜酒踏上归程，那种幸福至今难忘。

这之后的三十多年里，我一直奔波在外，故乡也渐渐成了一种想念和记忆。刚开始母亲一个人住在乡下的老屋，我每年还能回去小住几日，后来母亲跟着我们在北京生活，就很少回去了。有母亲在，依旧是母亲做的饭菜味道，在哪儿都是家，这正应了那句话，妈在哪儿哪儿就是家。母亲在京城生活的那几年，把家乡的味道带到了京城的生活里，特别是口味上的坚持，一时半会儿是改变不了的。到了冬天，母亲也曾几次说起做甜酒，可每次都是因为原材料准备上不充足，不是缺这就是少那，再加上市场上也可以买得到甜酒，自家酿制甜酒的事也就不了了之，至今想起来还有深深的遗憾。没有让母亲亲手做甜酒的愿望变成现实，再没有品尝到母亲做的甜酒的味道，这都是再也挽回不了的伤痛，母亲永远离开了我们，此生再也不能吃上母亲做的饭菜，再也没有了故乡的牵挂与想念，唯有无尽的思念藏在了心间，连同这思念一起收藏的还有那甜酒醇香的味道。

今年的春节，一场突如其来的疫情彻底打乱了原本平静的生活，困在家里不能随便外出的蜗居生活，让人有更多的时间静下心来思考与回忆。回忆让内心五味杂陈，一天同住在一个院子的老乡送来自己亲手做的甜酒，当那煮开的甜酒香溢满屋时，思念的泪水浸满眼眶，那时我就在想，天堂的母亲要是也能闻到这甜酒的醇香，那该有多好啊！第二天，我就着手准备自己酿制甜酒，将所需材料一一备齐，按照我儿时的记忆，照着当年母亲做甜酒的方法步骤，一个步骤一个步骤认真去做，儿子在一旁当帮手，我也认真地给他讲着自己当年的记忆和现在照着做的体会，儿子说这就是一种传承，一辈辈手把手地往下传，没有文字，全凭记忆，有时候文字并不比这口传身教来得牢靠扎实，记忆的传承是浸透在灵魂血脉中的，是走心的。

过了仅仅一天时间，放置甜酒的那间小屋里就飘出淡淡的酒香，渐渐地酒香浓郁，到了第三天的清晨，已是满屋醇香。我享受着这醇香，凝望着墙上母亲和父亲的遗像，思绪翻飞。我在想，正是当年母亲在艰辛中为我们创造着温暖，让生活艰难的我们在困苦中享受着幸福关怀，把温暖的人生写在了记忆中，陪伴着一路成长。今天，我又把这样的温情传承在孩子的成长中，让这醇香满屋的记忆一代代传承下去，让温暖与善良永远陪伴心田。

临街的这面窗子

新分配的这套房有三面窗户临着街，街道并不算宽，却是一条东西方向主干道，平日里就是到了深夜车流量还很大，没日没夜的汽车噪声，曾是分配这栋楼时唯一的不满意。其实这唯一的不满意，很多人都不敢光明正大地说出口，要是谁真的抱怨上那么一句，肯定就有人会说他，说你矫情那算是轻的，不给你扣上个不识好歹、忘了本的骂名那才怪呢！这也难怪，都是那么多年蜗居的人哪有那么多的穷讲究？吵点有什么关系，总比一家几口像鸟儿一样挤在一起强多了吧，人心就怕不足啊，这山望着那山高，胸口那个洼地没有填平的时候。还是母亲在世时常说的这句话形象深刻，人就是要学会知足，知足才能常乐。

就是这平日里让人很不待见的临街窗户，在这个特殊的春节里给了我一个观察外面世界的窗口。要是没有这次疫情，要不是不得不这样宅在家里，谁会站在这个窗外一片嘈杂的窗口看外面车来车往、人流熙攘？直到那一天在家困了多日实在是百无聊赖站到了窗前，外面的景象才抓住了我的目光，从那天开始，我总是不自觉地站在这临街的窗前看外面的世界。

平常总嫌吵的街道一下子安静了下来，没有了嘈杂的人流车流，零星的车辆和行人走在空旷的街道上也没有往日的匆忙，一切都慢了下来。那隔一阵子就有一趟的公交车里人比平时少了许多，有时整个车厢里竟没有一位乘客，就是这样，公交车依旧是一趟趟地开着，这倒是给这太过寂静的街面增添了些生气，告诉人们一切还在继续，世界并没有因为这突如其来的疫情停下来。那些平日里辛劳的人依然坚守在各自的岗位上，一如往常地工作着。尽管他们心中也对这突如其来的疫情感到恐惧和惊慌，也对家人感到担忧与思念，但他们知道自己尽管只是个普通人，但普通人也有着社会的角色与担当，普通人就是这样普通地生活着，一如往常。

担当的话题总是在这样的时候被突出出来。这些天微信朋友圈里的一些有关捐款的信息让人五味杂陈，感动中总有一些说不出的难过。一位八旬拾荒老人为武汉抗疫捐款一万元，浙江一位八十四岁独居老奶奶不会网上转账，就先把钱从存折中取出来，用一个普通塑料袋把十万元钱包好放在家里，等着看到穿制服的、认为可信任的人就把钱捐出去，可老人自己住的地方却是那样俭朴寒酸，这样的捐赠新闻我听一次就要掉一次眼泪。我站在窗前想，老人可能是把自己一辈子省吃俭用攒下的钱都捐了，不知道他们往后的生活有没有托底的保障，这样的捐款该不该收，又该不该鼓励和报道？越想心里就越不是滋味，为老人的善良感动，又为老人日后的生活担忧。

跟因疫情困在家中无法回到大学完成毕业设计的儿子聊起此事，一个才二十出头的大学生有着自己的看法，他认为捐不捐是捐助人的自由，也是权利，收不收、收下又该怎么处理那就是国家的气度与格局了，他相信国家。其实早在除夕，他就率先在网上与同学相约一起完成了一次抗疫捐助。他说他现在还不挣钱，捐的钱也是父母给的，但从自己的生活费里捐出不小的一部分是他的心愿，他认为他应该这样做。我故意追问："难道你不担心这样会让你手头拮据？"他说："我的这点一时之难与疫情比起来简直就是尘埃，相信眼前灾难一定会过去，因为春天的脚步近了，因为全中国人都在努力，十四亿人凝聚成一股力量，必将不可阻挡。那些捐款的老人和我，还有这些不挣钱但捐钱却比谁都积极的孩子，都是这十四亿里的一分子，我们都应该更加自信自强。"

　　夜晚从临街的窗子朝远处看，看到的是一片以往不曾看到的景象，远处那一栋栋高楼里点亮了灯火，连成一片灯火的海洋，竟也是如此美。远处那一片片耸立的楼宇是这些年陆续建成的，在这个春节之前，晚上那里的灯火大都稀疏零落，许多扇窗户是没有亮光的，原以为是空置率高的缘故，坊间都说那一片房子早就被抢购一空，至于向来灯火不旺人气不旺的缘由就没人真的说得那么清楚。这次疫情下万家灯火倒是给出了答案，原来住在那里的人们在这之前并没有像鸟儿那样夜黑就归巢，他们或奔波于这忙碌的世间，或徜徉于这繁华的街景，时光都在路上，那一栋栋的楼宇只是人们栖息的地方。而这疫魔倒是让不少人停下了匆忙的脚步，把时光更多地留给了家，那亮起来的灯火就是这寒冷夜里一丝温暖的光亮。不是吗？要是没有这疫情，假期的儿子不也是每天奔波到深夜才疲倦归来，哪能是这个假期里窝在家里天天甘当洗碗工的暖男。我这临街的窗户平日里不也是少有光亮，而这些日子里却是天天晚上亮着灯，窗前站着的我没有了往日的奔忙，在远处肯定也有人如我一样凭窗眺望着这番新景象，在黑夜里都想看到光亮，我这样，许多人也如我这样。

　　窗子正对着的是一个部队营房的大门，大概是因为太熟悉吧，平日里进进出出与哨兵大多只是敬礼还礼这些例行性的接触，并没有太多的交流。街道安静下来了，但哨兵依旧坚守在哨位上，依旧隔着时间上岗交岗，这些年轻士兵在这个不同往年的新春节日里，一如往日坚守着岗位。儿子小声问我："这些班长（大概是因为参加过军训，儿子一直把士兵叫班长）他们过年想不想家？他们担不担心被感染？"我转过头望了儿子一眼，没有马上回答，我一时也不知道该怎样回答才合适。过了一会儿，我才轻声地对儿子说："他们是战士。"这样的回答其实算不上回答，我也不知道儿子怎样理解这五个字的短句，或许他懂了，或许他并不完全明白，但我想他终究会明白，他要是真的听不明白，他也许就不会问这样的问题了。谁能说春节真的不想家，谁能说面对灾难"逆行"时真的不怕？那些写下请战书强烈要求到抗疫一线的白衣战士，他们真的没有恐惧？面对来势汹汹的疫情，他们没有退缩，更没有逃跑，他们毅然选择冲到一线，他们知道那里就是战场，战士向着战场，"逆行"就是直行。

住在我楼上的是我一个单位的同事，电视记者。那天叫人给我送来要求到抗疫一线的请战书，当时他正在返京后隔离。那时我一下子收到好多份要上抗疫一线的请战书，有已经编余的老同志，还有刚入职的文职，我把这一封封或寥寥几语或慷慨激昂数千言的请战书认真读完，不禁感慨万千。因派往前方的记者名额有限制，最后住在我楼上的同事争得了这次出征的机会。为他壮行时，我还是跟他紧紧地握了手，笑着说："争到这次出征很光荣，千万要多保重！"我们握手时四目对视，手上用力都很大，这对视还有这握手的力道，无不是一种特殊的交流，是祝福，更是期盼，期盼战友早日凯旋。现在想起来，当时用"争"这个字还真的很贴切，许多人都提交了请战书要求上抗疫一线，没去成的兄弟都觉得很遗憾，希望第二批能轮得上自己。这可不是出趟美差，这可是争着上"前线"啊，争着去抢着上，该是一种什么样的情怀！

眼睛是心灵的窗户，透过这扇窗户看外面的世界，读内心的感悟，总能让人在温暖中落泪，在刺痛中沉默。一个人透过一扇窗户看到的风景是变换着的，也是片段性呈现，闯入你眼里的景象是偶然的，也是客观的，而这些你所见到的片段终将以一种形式留存，成为你与这个世界共同成长的记忆。

　　这个春天将要来的时节，站在这临街的窗前，看着外面的世界，看到的是自己内心的风景，一如昨天的回忆，还将留存得很久、很长。

把那间老屋记在了心里

  自从那年高中毕业离开老家,从此就奔波在外,从一座城市到另一座城市,从一座大山到另一座大山,住过的地方一个个成为记忆,成为心中时常牵挂的地方。最久远的也是最清晰的,最难忘的也是最不舍的,那还是小时候住过的那栋老屋。我在那里出生,在那里长大,在那里度过难忘的童年和少年时光,在那里经受苦难,在那里收获成长,那里的日子成为心中最为绵长的记忆,尽管那房子早已不在,但记忆一直在,还将永远在。

  那间老屋是在父亲在时建成的,是传统的江南穿斗式结构,外围是用土夯结而成的土墙,用木柱加上平整的木板隔成厅堂和两间内室,一东一西两间内室的上半部用木板建成了两间阁楼,两间阁楼之间还有一道回廊相通。我们把这样的房子叫作穿方屋,这也是那时候江南常见的一种传统结构,建这样的房子省时省力,所用的材料也都是就地取的,费些劳力就可以,用不着另外花钱。那时家里也没有钱可用来盖房子,建这样的房子再合适不过了。听母亲后来对我说，这其实是父亲建的第二栋房子。早年第一栋是三间大瓦屋，当年全民大炼钢铁无偿捐给了集体，在原来老屋的地方建起了土法炼铁炉。后来期盼着的钢铁没有炼出来，房子却没有了。之后的几年一家人只好借住在村里一户人家的角屋里，那时大姐二姐都还小，一家四口人就挤在一间角屋里艰难地过了好几年。老是借人家的房子住终归不是长久之计，于是父亲又着手建属于自己家的新屋，我小时候住的老屋就在那样艰难的日子里建成，这也就是我实际意义中的老屋，留下了许多难忘的回忆。

　　老屋建造应该是临时动工的，并没有做充足的准备。比如选址与造型，大概也只是父亲匆忙中定下的，在坚持传统中还有了不少的创新。这些改变虽说是被动的，只是因为省钱，但改变了的终究是改变了，这就让老屋与村里大多数房子相比有了许多的不同。老屋东头的角屋向南伸出半间，与正屋连接形成一个走廊，这在村子里是独此一家的。这个走廊的功能与现在房子室外露台相似，平日里可以堆放一些杂物，特别是农具放在那里很是方便。当然，走廊对于我们这些孩子来说自然是玩耍的好去处，特别是不晒太阳不淋雨，邻居家的小伙伴也常常聚集在这里玩各种游戏，至今仍能清晰地记着那时常常玩的几种乡下孩子才会玩的小游戏，诸如"抓子""铲格子"之类，只需随手捡上几块小石块，用木炭在地上画上格子，几个小伙伴约定好局数就可以开玩了。"抓子"的游戏很是有趣，看似很简单，要玩好却不是那么容易，小伙伴中有一个玩得特别好，许多人都想赢他，却总是赢不了，在我们村"抓子"的霸主始终是他，谁也不是他对手，比一次输给他一次，不服再来比，还是输。于是大家就开始琢磨他怎么总是能赢，有人总算看出点门道来，原来这"高手"赢就赢在他这双手上，他那手出奇地大，比我们平常人的手要大出一半，而这"抓子"要点就是手要大，手大就可以抓握更多的"子"，所以赢家自然是手大的了。至今还清晰记得抓子的玩法，一般是两个人对弈，也可以若干人一起玩，比赛前先猜先手顺序，然后依猜得的顺序依次出手。先将手中的若干粒石子抛在地上，捡起一粒攒在手里，然后将手中的石子抛向空中，利用石块抛向空中然后下落的这个时间差，用手从地上尽可能多地抓起石块，然后接住刚才抛出去的石块，如果动了某一石块却未能将其抓起，那就算失败。还有不少规则，倘若想赢得更多的石块又不犯规，其实是很难的事，但手大的他做到了，仔细想想大概也不只是手大的缘故，苦练更是重要，总是赢的他就是练得比别人多得多，这是他一次下雨天来我家廊屋下玩"抓子"时亲口跟我说的，他特别羡慕我家屋子有这个廊屋，刮风下雨时也不影响玩游戏，这样的去处自然好。

老屋这个好去处，也有很让人揪心的烦恼事，那便是夏季刮大风、下暴雨的季节。老屋建在一个半山坡上，门前对着的是长十几里的大山谷，山谷有个特别的名字——神仙壕，景色壮丽秀美。正是这个长长的山谷，每当到了刮大风、下大雨的日子，老屋总是要遭殃，从门前山谷里形成的旋风直奔老屋，常常把老屋上的瓦块成片掀起，紧跟而来的暴雨就直接扑进屋里，顷刻间整个家就遭了殃。老屋的外墙是土筑的，经大雨冲刷就成了泥浆，那是极危险的。每当这时，不管风有多猛雨有多大，母亲都要立即搭起木梯爬上屋顶，把雨布盖在屋顶上，再放上重物压实压严，不让雨水打进屋里。暴风雨中要完成这样的"抢险"该是件多么难的事，更何况是母亲这样一个瘦弱的女人家。我记事时，大姐已经出嫁了，稍大一些的二姐个儿矮，三姐和哥哥那时还小，都搭不上手。在我的记忆里，每次一场暴风雨过后，从屋顶上下来的母亲浑身被大雨淋透，看到躲在屋子一角的我，母亲顾不上自己浑身湿透，伸手就把我紧紧地搂在怀里，扑在母亲那被雨水湿透的怀里，我顿时感到一下子轻松了许多，不那么害怕了，而我分明记得有好几次母亲哭了，滴在我脸上的不只是雨水，还有温热的泪水，那是生活重压之下母亲无助的泪水，那种生活的艰辛也只能浸透在这无声的泪水中默默流下，无声无息地扎在了心底最深处，成为再也忘却不了的记忆……

　　老屋留给我的也有温暖，那温暖就在那记忆里的阁楼上。阁楼是母亲放置需要留存久一些物什的地方，每年留存的来年的种子就放在这阁楼上，通风、不潮，还避光，自然是放置这些种子的好地方。过年时母亲炒的那些干粮也常放在这里，有时候母亲还特意把一些干粮藏在某个角落里，免得我们无节制地取用，别没到采茶季就没了，那样到了离家远的地方采茶就没午餐干粮可备了。其实那些藏干粮的地方也不是什么真正的隐匿之地，或许只是母亲的一种提醒罢了。记忆中我大多时候知道母亲把这些干粮放在什么地方，有时母亲叫我去取些送到工地上，也只说取多少，而少有说明东西放置的地方，母亲知道我是知道的，她藏这些的时候是从不刻意背着我的，有时还叫上我当她的小帮手呢！为这，哥哥和姐姐有时还要嚷嚷几句，好似是抗议母亲的偏心，也好像是在故意矫情逗我玩，我那时小，全然不顾这些，有母亲的庇护我自然是有底气的，有时还少不了一些刻意的小嚣张，那当然也是在逗他们玩，在那样困难的日子里，我们一家人紧紧地依偎在一起，再冷的天，有母亲的温暖在，就不觉得冷。时至今日，四十多年过去，我依然清晰地记得那时的情景，阁楼上放置干粮的位置，甚至那些早就不在了的器具，依然鲜活地存在于我的脑海里，时刻温暖着我，一想起老屋，这些记忆必然鲜活地呈现，为回忆加温添暖。

　　曾经有段日子，我特别遗憾没有为老屋留下一张照片，好似丢失了一件心爱的宝贝，心情极度失落，又害怕哪一天记不起老屋，那可就真的把老屋弄丢了，那该如何办呢？同友人聊起这份情怯，他亦有同感，看来担心把自己童年时光弄丢了的还不只是我，回不去的童年、少年，就存在记忆里吧。想给老屋留下一张回忆的照片，那是刻印在记忆里的一张照片，珍藏在了心里最柔软的地方，不只是为了回忆，还有述说与传承。

乡间偏方

乡下不比城里，城里有许许多多、大大小小、各具特色的医院，有名医、有好药，而乡下既没有什么名医，更没有什么大医院、好医院，好药没有钱买，药店自然也不会进。但乡下人也是人，也会生病，也有三病四灾的，病了也得治疗，缺医少药的乡下人就自己想办法治自己的病，于是就有了各式各样的偏方。

乡下的偏方又多又杂，有的还真是从来没有听过，更没有见过的，稀奇古怪，什么样都有。中学时候，读鲁迅先生的《药》，对先生文中的"人血馒头"有很深的记忆。在我看来，"人血馒头"成了疗救痨病的神丹妙药，实在是有点过分了，这样的偏方的确是有些吓人，可偏偏有人深信那偏方能治病。先生说，那吃了"人血馒头"的病儿小栓终究没有保住小命，还是死了，偏方没能救他一命。我知道先生只是想了这么个偏方，编了这么样一个故事，是想借此疗救愚昧的国民，让他们能在病中寻到一剂疗救自身的偏方，不至于无望地，甚至是不知得了何种疾病就辞别人世。

　　大概也正是因为有先生的这篇文章，一方面对偏方心存狐疑，总认为那些偏方没有什么道理，没什么真的效能，只是骗人的把戏，充其量也只是治疗心里的一点痛楚罢了。而另一方面，对偏方又心存留念，心存一丝说不清道不明的幻想，割舍不去。因为小时候我家住在乡下，家境贫寒，我们几个孩子有什么头痛脑热，有点这痛那痛的时候，除了不得已，母亲是绝不舍得花钱买药，更不会花钱请医生的，一般都是自己动手，靠偏方来治我们的病。母亲的偏方的确不少，有的还很奇怪，同鲁迅先生笔下所说的那些偏方有些类似，一些药引子听起来十分古怪，找起来就更是难上加难了。或许正是这些药引子稀罕难得，反而加强了对自己疼痛痊愈的信心。人的身体之痛有时候与心情是有很大关系的，心情一好，病也就好了许多，偏方的功效也就表现了出来，这一点我有切身体会。母亲对偏方是深信不疑的，有时候，我们几个孩子中有谁病了，母亲就四处寻找药方，不论有多难，母亲都会想方设法去找去寻。母亲寻药引子的艰辛，直到现在我仍然记忆犹新。记得有一天傍晚，我的两只眼睛不知怎么突然间肿得很厉害，什么也看不清了。母亲从地里回来后，看到我那副痛苦的样子，十分焦急，急忙去把村里的赤脚医生请来。说是赤脚医生，其实就是那种自学成才知道不少偏方的民间老中医。赤脚医生一把脉，随手就给开了个药方，说要治好我这眼病，最好是用清晨天亮之前的雨露水熬一种长在大山榕树根部的草木类植物的根茎，至于那是一种什么样的药，我到现在也没搞清。赤脚医生一开出药方，母亲拿上挖药的工具，带上二姐就上了山。

　　听二姐后来说，那次上山，一路上，她心里特别害怕，大山谷里静得怕人，走着走着，从树丛里蹿出一只野兔，从树梢上飞出一只什么鸟儿，呼啦啦的一声响，把人吓出一身冷汗，特别是那猫头鹰的叫声从远处传来，冷森森的，很是怕人。母亲走在前面，她跟在后面，差点被吓得哭出了声。母亲一路上不停地安慰她说:"乖女儿,你弟弟的眼睛肿得那么厉害,要是挖到了药,就好了。这山里没什么伤人的东西,有妈在呢,别怕!"

二姐说,那天晚上母亲带着她顺着山里那条小溪一路往上找,碰上榕树就顺着大根挖,也不知挖了多少次,最后总算在三棵大榕树树根盘结在一起的地方找到了要找的那个药引子,当时已是深夜。

回到家里,母亲把姐姐安顿睡下,自己又到外面接草上的露水。那时刚入秋,雨露要到凌晨三四点才有,量还不多,母亲就小心地耐着性子接,直到东方泛白,母亲居然接到了满满一罐雨露水。按着医生的说法,用露水熬药,母亲叫我把根吃了,然后用熬出的水一遍遍给我洗眼。药根很苦,特别难吃,药水洗眼,火辣辣地痛,我在黑暗里一次次推开母亲的手,母亲一遍遍地哄着我,说吃了洗了,就能看见了,就可以上学了。姐姐在一旁给我讲昨晚找药接水的事,我听了,为母亲寻药接水的艰辛而感动,眼泪从肿着的已经没有一丝光亮的眼里渗出,顺着脸颊流下来。说来也怪,洗过哭过之后,眼睛居然轻松许多,肿痛也轻了,第二天就渐渐转好,没几天就痊愈了。

多年后的今天,我每每想起这件事,仍心生无限感动,我相信偏方效力只能在母亲的呵护和疼爱中才得以实现,无私博大的母爱才是人世间最真、最灵、最有效力的偏方。我生于农村,长于贫寒之家,小时候生活虽说艰辛,但艰辛生活承受的真情厚爱总让我对童年、少年生活平生无限感激的回忆,那是生命中弥足珍贵的人生财富。在我的老家有一句俗话,叫"家贫出孝子,舍寒存真情",这话说得很实在,也很有见地。家境宽裕、衣食无忧的生活,就难有像偏方透视出的那种难得的人间真情。在生命成长的过程中,也就没有了艰难的印迹,我总认为那样的生命会缺少一些铭心刻骨的记忆,那是生命成长中不可或缺的,就应该珍视珍存。

从乡下来到都市，没有了在乡村时的生活艰辛，不再为衣食所忧，也不再病而无医无药，这样的日子，或许正是许许多多生活在乡村的农家人所热切渴望的，我在乡下时，也是如此。但真的到了都市，做了都市人，远离了乡间生活，时间久了，还真的有些平淡，便常常想起在乡村的日子，想起母亲在我病了的夜晚，在乡村田野空旷的夜空里叫我的乳名，那同样是母亲的偏方。母亲说孩子病了，做娘的在夜深人静的时候一遍遍一声声地呼唤孩子的小名，病就会好起来。我当时并不能真正体会母亲这样做究竟有没有用，我心疼她白天田间地头累了那么一天，晚上还不能睡个安稳觉，就劝她不要再叫了，但母亲依然坚持着，不论刮风下雨，不论白天农活儿有多累，她总是在别人都进入梦乡的时候，沿着我白天玩耍的路一遍遍地叫着我的小名……那样的记忆同样是深刻难忘的。在母亲那一声声深情的呼唤中，我常常热泪盈眶，我为生命中有如此刻骨铭心的温暖情感而感动。这是我以后的日子里对母亲的一种深深的记忆，每每想起，便情不自禁热泪盈眶，内心无限感动。

其实，鲁迅先生笔下不幸儿的夭折，如果撇开先生所赋予的社会意义来说，小栓内心也应该为父母为治他的病而四处求偏方而感动，从这一点看，偏方倾注着亲人的温暖情感。那一个个在现代人看来或许有些离奇古怪，甚至有点荒诞可笑的偏方，无不承载着亲人、友人的关切之情，我坚信，所有为了疗治病患亲人而四处寻求偏方的人，都是从心底深处充满真诚的关爱之情，这是一种温暖，支撑生命的温暖。

是的，偏方是生活中一个久远的记忆，如同鲁迅先生笔下的那个小栓和那剂偏方，但童年和少年时的偏方给我留下的记忆注定要让我此生永远感动。

我也醉过

　　云带雨，浪迎风，钓翁回棹碧湾中。春酒香熟鲈鱼美，谁同醉？缆却扁舟蓬底睡。

——题记

　　我究竟能喝多少酒，说心里话，我自己也不太清楚。

　　小时候，家里特别穷，虽说那时的酒不像现在动辄就是几百元，甚至上千元一瓶，而是一斤才几毛钱，但这对吃饭都成问题的我们穷人家来说，酒绝对是奢侈之物，喝酒是除了春节之外的任何时候都不敢奢望的事。我常听别人说起我父亲好酒的事，久而久之，我印象中父亲是个爱喝酒也有酒喝的人，于是就从心底想念原本没有一点印象的父亲，羡慕他在那样艰苦的日子里能有酒喝，更羡慕比我年长曾亲眼看过父亲喝酒的姐姐，我想，姐姐是幸运的，从父亲的嘴边一定闻过酒的那种诱人的醇香，而我却没有如此这般的幸福体验。我的童年生活，异常艰难，从劳累得连腰都直不起来的母亲脸上，我读懂的只是艰辛与磨难，那是与酒的喜庆隔得很远的心情。

幼年的我不知酒滋味，只是从别人"父亲能喝酒，儿子绝对是半斤八两的量"的主观推断中，认为自己应该是个把盏不醉的酒爷，没有酒喝的日子里，从心底渴望着有一天能真的喝上一口酒，尝尝酒的滋味……

十二岁那年，这种渴望终于有了一次实实在在的体验，我有幸第一次喝了一场刻骨铭心的酒。

那酒是别人送上门的。送酒上门的人是当时正追我姐但后来又不知娶了谁为妻的一个外村人，记忆中我是用平常饮茶的杯子倒的酒，而且是一口一杯。那场酒喝得极度地豪爽、潇洒，甚至可以说到了脱俗的境界。喝酒的那天正值隆冬腊月，外面大雪纷飞，我狂饮数杯之后，赤脚奔跑在风雪之中，对着群山大声喊叫，大声咒骂着平时欺侮我的人，尽情地挥洒着自己飞扬的个性。那一刻，我没有丝毫的胆怯和懦弱，尽情发泄一直压在心头的弱势家庭所特有的情感压抑，张扬的是一直隐藏在心底的个性。我之所以借酒之力如此发泄，就是要向人证明，虽生于贫寒之家，我也有武松狂饮之后独走景阳冈的雄风，也有李白斗诗百篇的豪情雅致……

那一次，村里人都说这孩子一定是喝醉了，连母亲也认为我真的醉了而责怪我闹了笑话。而我却坚持认为自己并没有醉。如果说我那天酒后的行为与往常谦恭拘谨大相径庭的话，那只不过是借酒性解脱了一直围绑在身上的那个精神上的套子，还原一个真实的我，那是我本性的真诚袒露，一个本性张狂却已深知愁滋味的少年。

再后来，又有很长的年月没能闻到酒香，那同样是段极其艰难的岁月。

再次喝酒是在村里为我摆的宴席上，而我却仅仅喝了三杯。那是我参军入伍离开村子的头天晚上。按照我们村的习俗，村子里有参军的，临上队伍的头天晚上，全村人都会聚在一起吃顿饭，还要放场电影，以示热烈庆贺。自从分田到户后，以前大集体时代每周一场电影的文化生活没有了，想看场电影就指望着年底村里有人能光荣入伍，要是赶上没有点上兵的年份，那就整年都看不上一场电影。我走的头天天公不作美，正赶上下大雨，村子里没有礼堂，电影是放不成了，全村老少都感到十分遗憾，而这种遗憾全都表现在晚上的那顿饭上。按村里的规矩，村里的头头脑脑和每家一位当家人都陪我吃饭，母亲担心我喝多了，影响第二天到队伍上报到，便央求倒酒的杨大伯在酒过三巡之后，把倒给我的酒换成凉开水，尽管我并不领母亲的情，但也只好不情愿地用白开水一杯杯不停地敬着村长、支书和大爷、大伯、婶婶及兄长，乡里人朴实憨厚，喝酒从不推辞，杯杯都是点滴不剩，喝得干净利索，那场酒从黄昏一直喝到夜里十一点多，除了我清醒如初，不管老少，不管男的还是女的，酒量大的还是酒量小的，统统喝得东倒西歪。除了杨大伯，全村人都绝对服了我的酒量，他们惊叹我的酒量，直到现在，我回村探亲，村里人仍不敢和我拼酒。

据说有人称我"酒徒"，有人反对，说是"酒圣"。我认为自己既非"酒徒"亦非"酒圣"。酒徒是指那些嗜酒如命，并且一喝就醉，醉后脏话连篇的人，我当然不在这号人之列；而"酒圣"是对圣者的称谓，我也自然摊不上这名分。

从那以后，我喝酒的名声就传了出去，因为作假，把水当酒喝，捞了个"海量"的名声。

到了部队，喝酒的机会自然多了。但部队上喝酒不同乡下里喝酒，只是表示表示，沾点酒味，绝不敢多喝。在部队，多喝酒统统被称之为"酗酒"，各级领导都会大会训、小会讲，有的领导把"酗"说成"汹"，还闹了许多笑话，但领导闹笑话没关系，行伍中的人绝不敢多喝酒，那是为伍者之大忌，我自然不会犯如此大忌，喝酒也只是一种愿望罢了。

真正让我心服口服地坦承自己真的醉了是1998年的春天，那是一次刻骨铭心的心醉……

近而立之年的我，喜添顽子，喝酒的事就因儿子而起。本来按我的心情，孩子终归是要的，但不想这么早就当爸爸。但什么时候要孩子却又不是单单自己能做主的事。母亲早年丧夫，守寡近三十年，历尽人生艰辛。她是一个思想传统的人，对"不孝有三，无后为大"的理解，上升到做人不仅要有儿辈，还应有孙辈，否则就对不起先祖列宗，就是最大的不孝。她把有生之年抱上孙子不仅作为人生的极大快乐，而且看作自己的责任和义务，并把它看作死后向先人交代的首位之要事。母亲又深明大义，虽说渴望早一天抱上孙辈，了却余生的唯一遗憾，但从不当着我与妻子的面谈抱孙子的事，我知道母亲是不想因为孩子而影响我和妻子的工作，但我从母亲眼里读懂了她盼孙的心思。

母亲身体不好，有几次病得很重，把后事都准备好了，但每次都死里逃生，奇迹般地活了过来，大家都惊叹不已，我深知那是一种信念在支撑着她。我深深理解母亲的心情，说心里话，我也担心母亲有一天真的突然离开了我们，带着没有抱上孙子的遗憾去见父亲，这对她和我们所有爱着她的人来说，都将是一件无法弥补的遗憾。我开始做妻子的工作，把要孩子的计划摆到议事日程，妻子也是知事明理的人，非常理解母亲的这份心愿。不久，妻子就怀上孩子。当我把这个消息从北京打电话告诉千里之外的姐姐，再由姐姐告诉住在乡下的母亲时，母亲不禁喜极而泣。妻子假期休完后从北京回到合肥，母亲只身从乡下到了省城，母亲想亲手侍候怀孕的儿媳。没在城市生活过的母亲对城市生活极度不习惯，加上不识字，方言土语重，与妻子沟通都极困难，但她尽心尽力用博大的母爱关爱着娇小的儿媳。妻子临产前五个月，母亲突然病倒，住院治疗，做了手术。本来是想照顾怀孕待产的媳妇，却反过来需要待产的儿媳挺着大肚子跑上跑下地照顾，母亲心里过意不去，出院后就坚持要回老家，我和妻子再三挽留，但母亲坚持要走。回到乡下后，母亲一直惦记着妻子，隔三岔五要姐姐给妻子打电话，详细询问情况。1998年3月，妻子顺产生下儿子。儿子是晚上11点多生的，我还没来得及见上一面，亦不知是男是女，当即在产房外打电话把这消息告诉了姐姐，姐姐天一亮就起来赶到乡下，把这喜人的消息告诉了母亲。听姐姐说，母亲听了这一喜讯后，老泪纵横，嘴里不停地唠叨着一句话："孩子他爸，你有孙子了，现在我能去见你了吧？"母亲是把这一喜讯告诉了早逝的父亲……

母亲第三天就从乡下到了省城，来看他的孙子。按乡下的规矩，第一次见面，长辈是要给晚辈见面礼的，母亲给孙子一个包包，是一个用红布包了好多层的红包。我和妻子小心翼翼地一层层打开，才知道是一堆从一分到百元大钞都有的钱，我们逐一清点，发现这简直是解放后的钱币大会展，从1953年版开始，什么版都有。我把这包钱轻轻地放在了儿子的小摇床上，泪水模糊了双眼，我知道，这钱是母亲几十年一分一分攒下来的，就是家中最困难的时候，也没有舍得拿出来救急。母亲把一生的积蓄都倾注在了我们晚辈身上，唯独没有想到善待自己，母亲一生吃了太多的苦，以前我也常常责怪母亲不知道关心自己，落下了一身的病。望着母亲抱着孙子脸上露出了我极少看见的慈祥笑容，我被母亲那博大的胸襟所感动，我更深地理解了"谁言寸草心，报得三春晖"这句诗的内涵，是啊，我，还有我襁褓中的儿子，用什么才能报答母亲如大海一样深厚的恩情呢？

而母亲呢？她有些歉意地对我和妻子说，这点钱也办不了什么事，你们也不缺这点钱，但这是做奶奶的一点情意，要不就拿这钱请请客吧，

131

在孩子满月的时候，感谢一下左邻右舍……

我无言以对，只能一个劲儿地点头……

儿子满月那天，按照母亲的意思，在馆子里摆了一桌，把左邻右舍都请到了，只是我用自己的钱替换了母亲的那包钱，我真的不舍得把那包钱花掉，我想等儿子长大了，懂事明理了，把这包钱交给他，让他去真切感受奶奶的那深切关爱与期盼。

那场酒喝得其实很平静，但一直以为自己能喝的我，一圈之后就渐渐觉得有些醉了。

究竟是酒醉，还是心醉？

同船共渡一世缘

与妻相识是在船上，一个冷冬的假期里，记得那天江上下着小雨，细细绵绵的那种雨丝。我本来不是坐那趟客轮的，学院已为我们这些沿长江一线的学员预订了船票，并且票是集体优惠价。不知为什么，我竟鬼使神差地背着队长和同学偷着跑到汉口的码头上把那张优惠票非法卖了，添了近一半的钱买了一张全价的五等船票。同在汉口上的船，妻跟父母兄弟是三等舱，我在五等舱，一个在船头，一个在船尾，加上是晚上上的船，船上人多且杂，自然没有机会见面，加上我那些日子心情不好，懒得找人说话，一个人猫在船舱里睡大觉。直到船快到安庆，妻一家快要下船的时候，我同妻在船上一间不大的阅览室不期相遇，准确地说，我是被同舱的一对恋人过分的亲昵动作给恶心出来的。大概因为我是一身戎装在身，妻是一身学生打扮，脸上还加了副很秀气别致的眼镜，显得很文雅，互相间平生了几分信任感，少了陌生人之间常有的几分戒备，不经意间的一搭讪，两人竟就某一个话题聊了起来，什么话题我现在是捶脑袋也想不起来，我想大概是那种无话找话的没有什么深度的话题。尔后，跟许多小说和电影里的情景一样：两个陌生的男女一见如故，并心无防备地互相留下通信地址，妻大概还留了个家里电话，我家穷，没有电话，自然是无法瞎编一个唬人了……

相互写地址的时候，其实船已靠安庆港，妻在这里下船。妻的父母和兄弟急得满船找，而妻却若无其事地坐在船头的阅览室里跟一个陌生的男孩聊天，竟忘了自己该下船了。妻是在船即将离港的最后一刻才被父亲找到，几乎跟跄着下的船，我远远地站在船舷跟刚刚认识的生活在一个很遥远地方的只知道她的名字别的什么也不知道的女孩告别，走在堤岸的台阶上，妻的父母和兄弟都在埋怨妻，或许还有训斥，妻始终低着头，时不时还偷偷地向缓缓驶离的轮船望一眼，我猜想，她是在寻找我，寻找那个陌生的男孩……

安庆的下一站就是池州，船要航行三个多小时。这三个多小时里，我仍旧在阅览室里读报看书，并没有把刚才与一个陌生女孩的邂逅的事放在心上，那时候我或许认为这仅仅是一次偶遇吧，分别后天各一方，不会有什么故事了。

但谁也不会想到，当然包括我自己，五年后，船上认识的小女孩竟做了我的妻。

这段浪漫曾让许多认识我或者认识她的人感到惊奇，特别是妻的闺中密友、我的铁杆兄弟更是穷问不舍，非得问个明白，我和妻攻守同盟：终生保守秘密，此事只对一个人讲，那就是长大懂事了的儿子。

婚后的日子平淡，甚至有冲突，有泪水，有几日甚至更长时间的冷战，有排遣不去的困惑，甚至后悔当初坐那趟船，后悔闲着没事去什么阅览室。心里盘算着许许多多的假设……

"那年冬天，你怎么非得从武汉坐船回老家？"

"我弟在武汉上学，走武汉顺便可以捎上他。"

"你怎么快下船了，还在阅览室读报？"

"忘了在哪儿下船，从高原上下来，脑子不好使。"

"留个地址也就够了，何苦偏偏要留个电话号码？要是没那电话号码，也就没现在这么多劳心事。"

"谁让你拨那个号码，那电话坏了好久了，没找人修，没想到你鬼使神差地一拨就通了。唉，怪事！"

"唉，缘分。认了！"

一次冷战后对话。

"你好好地为什么非要退票，还多花了钱，你那天不是发烧了？"

"没发烧，是着了魔，鬼使神差，要不，怎么能碰上你这么个人？"

"没事去什么阅览室？"

"五等舱空气差，到阅览室蹭个好环境。"

"你坐三等舱，条件好，怎么也去？"

"我爸妈聊天，我不想听，找地方清静。"

"唉，冤家碰上头了，缘分，认了！"

又是一次冷战后的对话。

"怎么要给我写信？没事找事！"

"日子寂寞嘛，没想你会回信。"

"你的信写得比你人好，欺骗！"

"知道不是真的，为什么还回信？"

"我同学煽的，错误！"

"你同学真坏，闲得没事，瞎折腾什么，他们一折腾，图个乐了，却让我变得如此不幸！可恶！！"

"邮递员也真负责，一百六十八封信愣是一封没丢，要是碰到一个不负责的人，少个一封两封，一误会、一泄气，不就断了，断了多好，没有了现在这样苦闷。"

"运气不好，碰上认真负责的信使了，认了，忍吧！"

还是一次冷战后的对话。

"那次你要是疯了，出个洋相该有多好，全家人一反对，就没这档事了。"

"谁让我是个半斤八两，上了高原，酒量大增，醉了没醉愣是搞不清，那天怎么喝就是不倒，怪了。"

"什么怪了，那天我私下给你换的是水，你还臭美，什么半斤八两的，什么醉了也不知道，那天我真是糊涂，偏偏要了你这么个不知好歹的人。"

"你怕家里人反对，错过了我这么个白马王子，嫁给谁都会后悔一辈子。"

"命上有这么个坎，没办法，勉强过吧。"

又是一次……

家庭内战后总有这么一段一段的对话，时间一长，发现这些对话也真有些意思，好几次想把这些对话全记下来，编成一个小册子，等儿子长大学认字了，给儿子做认字课本用，但一直不能做成这等有趣词句。小册子没出来，小册子的名字倒是有了，就叫"同船共渡一世缘"吧。

家要添丁

说句心里话，决定做爸爸并非是我的意愿。结婚的时候就跟妻子说好了，一切都没安定下来不急着要孩子。好在跟妻子是两地分居，这样的约定遵守起来也容易些。

但清静的日子只过了一年。妻子假期来京探亲，尽管我们也采取了措施，但儿子还是找到爸爸、妈妈的疏忽，悄悄地睡在了妻子的肚子里。两个月后，妻子离京回合肥，是儿子"陪"着坐火车回去的。

儿子钻了空子自我"加盟"，的确给家庭带来一阵混乱。妻子没有任何心理准备，紧张得跟家里人一通电话就哭个不停。这也难怪，妻子是那种挺爱幻想情感又特细腻的小女人，有许许多多少女的甜蜜梦想还没来得及品味就要做妈妈，自然是紧张得要命。说实在的，我也有些手足无措，大学毕业后还有那么多理想没来得及实现，就要为人父，那岂不是自找麻烦，自乱阵脚，于是跟妻子一商量，干脆做了算了。

但两家老人一听都坚决反对。妻子在家是长女，岳父、岳母双双投了反对票，毫不客气地否决了我们的想法。我在家排行老小，大姐都做了外婆，母亲早已是老婆婆级的，虽然不急着调高级别，但我是家里唯一的儿子，外孙、外孙女、重外孙、重外孙女早已成群，外婆、老外婆已叫了多年，但母亲有点老脑筋，总想有个叫起来不带"外"字的，母亲盼着做奶奶就像一首歌里唱得那样"我已等得太久太久"，母亲不仅是等得太久，而且等得太辛苦，自然更是反对。加上姐姐要当姑，内弟要当舅，一时间狂轰滥炸，我与妻子全面受压，在家成了众人之敌，孤立无援。母亲更是力陈倘若不要的种种不利，并以身边诸多鲜活的事例相佐证，讲得声情并茂，有声有色。加上母亲一辈子养育了我们五个孩子，对生儿育女自然是很有经验，她老人家的意见是不能不信不听的。

  母亲年届花甲，历经人生的种种艰辛与磨难，盼着抱孙辈的心情之切，让我和妻子不能不动心。母亲三十六岁守寡，为了把我们几个孩子拉扯大，吃尽了人间的太多苦，这些苦和累，母亲从来不说，一切的苦难都担在肩上、放在心底。但母亲心中老有一个结，她常说倘若没抱上孙辈就去见了父亲，没法跟父亲交代呀！母亲说，父亲临终的时候，把我们几个孩子都叫到床前，一边十分怜爱地逐个抚摸着我们的头，一边含着泪劝母亲在他死后成个新家，别太苦了自己。母亲知道父亲的心思，紧紧地拉着父亲的手动情地说："孩子他爸，你放心走吧，再苦再累我也会把孩子拉扯成人，等到你的孙儿、孙女到你坟头给你叩头、给你烧钱我才去见你。"我那时还不到一岁，才刚刚会叫爸爸、妈妈，而母亲已把我儿辈的事就说给了父亲，把一种期望和幸福提前预支给了既将告别人世、告别亲人的父亲。父亲听了母亲的话，脸上露出了欣慰的笑容，带着对我们永远的牵挂闭上了双眼，留给母亲是那永恒的一丝微笑。

  我常想，人活着究竟是为了什么？是仅仅为自己活着还是该替别人想着点？母亲为了让父亲能宽慰地闭上双眼，她把眼泪流到了心里，为了儿女，她把艰辛扛在了肩上。想想这些，我深深感到作为儿子，过去我对母亲的理解和关心实在太少，愧疚感使我不得不重新审视我和妻子的决定。一天夜里，我跟妻子说了很久，说我的身世，说我艰辛的童年，说我的父亲，说我的母亲，说我家里的一切……妻子含着泪听着听着，不能自已，妻子说："别说了，我懂了……"

从母亲苍老的眼神和我真诚的谈话中读懂一份真情的妻子义无反顾地担当起将为人母的责任。妻子开始留意书店里关于养育孩子的书籍，把以前每天都要听个够的流行音乐换成了清一色的轻音乐。妻子说，她希望儿子能从一开始就多一点高雅、多一点绅士的味道，就连儿子的名字也铁定了一个涵养的"涵"字。妻子说："你不是有点文化吗？给儿子起名字的美差就交给你，你可要珍惜这一生只有一次的机会，认认真真地做好这道填空题，把儿子的名字起得有点品位，有点意义。"

虽说我能写几篇像模像样的文章，有时还能让一些心软的人落下几行热泪，但妻子交给的这道看似简单的题目，着实叫我有些为难。本来嘛，名字只是一个人的名称符号而已，如同小狗、小猫一样，能叫就行。当初父亲给我起的名字就特俗，是一个阿拉伯数字，仅仅是因为那年父亲四十七岁，留个记号而已。但儿子就不一样了，不像他父亲我这样，生下来的时候正是家里困难的时候，添丁加口的，多一个人吃饭，多一份负担，粮食都供不上，哪儿来的喜悦，自然就没有诸如将来如何如何有出息这样的期望，能养活成人就是万幸。可儿子的身上将要承负的是几辈人的希望。

家要添丁，一家人都在忙碌。未来的奶奶，更是想插手也无从插手，能做的是没日没夜百般呵护着腹中装着宝贝、腰围一日一日渐宽的妻子。凭着经验整日观察妻子的一举一动和体型一丝一毫的变化，眯着眼判断着是孙子还是孙女。母亲说她的眼力是绝对准的，从没走过眼。我说现在已有了B超，想知道是男是女只要一查就行了。母亲说："那洋玩意儿绝没有她的眼力准。"我说："那你干脆上街开个诊所，一准能赚大钱。"

母亲知道我是有意提前给她打不要重男轻女的预防针，脸一沉，说："你小子别小看了你老妈的觉悟，现在都什么时代了，孙儿孙女都一样，只是想早点知道，好让你们准备衣物，孙儿、孙女的衣服是不能一样的，再说，你也好完成你媳妇交给的填空题，孙子的名和孙女儿的名自然不能一样。"我不知道母亲说的是真心话，还是在为自己那点心思辩护，不管怎么说，我都只能真诚地聆听母亲的每一句话。妻子也没闲着，一本接着一本地看生儿育女的书，看样子是下决心要培育精品。我自然是做我的工作，拼命地翻阅字典，不停地与友人探讨，只想为儿子（不管是男是女，统统叫儿子）起个不俗的名字，免得像他父亲我那样，长大后还要自己给自己重新起名字，填表都要比别人多填一栏。

家要添丁，脸上高兴心里紧张，除此之外就是忙。

顽子三岁要结婚

儿子刚满三岁，说话还不是特别利索，但就是这么个话都说不利索的小家伙有时候却一语出能惊四座。一日，儿子不急不慌地对他母亲说："妈妈，我要结婚！"妻一听儿子这没头没脑的话，眼睛都睁大了，十分惊讶地问："什么？你才三岁就要结婚？"儿子没理会他妈的惊异，依旧平静得像个小大人，嘟着个嘴说："结婚好，我想。"妻更不解，又问："和谁？是不是王雨佳？"王雨佳是儿子在幼儿园小班的同学，俩人关系不错，妻以为俩人两小无猜有了感情。没想到儿子一本正经地说："不是王雨佳，我要和你结婚。"这不仅让妻不知所措，而且哭笑不得……

都说童言无忌，坐在一旁的我对如此这般的童言也深感惊讶，看着儿子那一脸认真的样子，我又觉十分好笑，心想：这臭小子，人不大，心眼倒不少，小脑袋里又不知胡想些什么！儿子虽说只有三岁，但心眼特鬼，小小年纪，就知道怎样算计调遣我们。刚满两岁的时候，有一天傍晚，儿子突然对我和妻说："你们俩出去玩吧。"平时，儿子总是吵着我们带他出去玩,今天怎么会如此大度地让我们出去玩,而自己留在家里,我和妻都十分不解。反复琢磨揣测也不知儿子的小脑袋里是怎么想的。妻坚持不出去,跟儿子讨价还价,总想知道小家伙到底在想什么,但儿子就是不说,坚持要我们出去,只要奶奶一个人在家陪他,妻也无奈,只好按儿子的要求和我一同出去散步。与妻结婚快六年了,极少有如此的悠闲浪漫,妻戏言,莫不是儿子看着我们整天忙忙碌碌,时不时还有唇枪舌剑,想为我们搞点浪漫,培养培养感情,改善改善家庭环境?我嘴上说可能吧,心里却笑骂道:你这个傻女人,你以为你那丑儿子、鬼儿子是天生的爱情专家?小小年纪就知晓爱为何物?虽说心里暗骂妻傻,其实自己也弄不清儿子究竟在玩什么鬼把戏。直到我跟妻顶着寒风在外面转了一大圈回到家里,悄悄问母亲才弄明白儿子的鬼主意。原来儿子一直想吃零食,一直想看动画片,而这些都是我和妻坚决反对的,因为儿子只吃零食不吃饭,看起动画片就没完没了,实在没办法,只得采取强行措施,严格控制儿子吃零食和看动画片的数量和时间。儿子在我和妻面前胡搅蛮缠了好几次,都无功而返,知道从爸妈这里讨价还价绝对不能,便想了一招,支走我们,好在母亲这里讨价还价,力求在薄弱环节找到突破。母亲心软,经不起孙子的几声甜甜的撒娇,把当初全家订的纪律忘在了一边,对小孙子的所有要求不但应允,而且答应与他攻守共盟,保守秘密。我找来儿子,揭露他的阴谋诡计,儿子没想到奶奶竟也做说话不算数,不够朋友的事,气得冲着母亲大叫大嚷:"你坏,你说话不算话,不跟你好了。"就为这,奶孙有好几天关系不顺,儿子对母亲有了成见,母亲觉得没履行诺言感到挺惭愧,时不时地主动找小孙子道歉,我和妻看着他们奶孙二人那么委屈的样子,都忍俊不禁,心想:你们老少闹去吧,谁让你们不听招呼,不守纪律,违反规定搞小动作。

儿子也有叫我哭笑不得的时候。有一次我领着他去吃肯德基,同桌的是一个姑娘,我去订餐的时候,儿子已跟人家聊上了,待我回到座位上和那位姑娘说话时,儿子就不同意了,冲着她就嚷道:"我回家对我妈妈说。"我问:"儿子,爸爸乖乖的,你跟妈妈说什么?"儿子说:"我说你和阿姨结婚。"我一听吓了一跳,要是儿子真的那么说了,妻子又不知道实情,跟我一较真,那我可就惨了,那位姑娘则羞得满脸通红,刚买的一盘东西没吃就走了。搞得我心里觉得挺不好意思。好在那姑娘头发短,长得有点阳刚之气,回家后儿子就弄糊涂了,把阿姨说成了叔叔,跟他妈妈告密说:"今天爸爸跟一个叔叔结婚了!"弄得妻目瞪口呆,追问我究竟是怎么回事。无奈,我只好耐心地跟妻解释,妻一听,乐了,先把儿子足足地夸了一番,表扬儿子小小年纪就担当起了维护家庭团结的使命,并奖励儿子晚饭后多看一集《西游记》,乐得儿子一个劲儿地在他妈妈面前表决心,说以后他还看着爸爸,要是爸爸和谁"结婚",他就告诉妈妈。我心里暗骂儿子是小叛徒,那么多好吃的也没堵住小嘴。

那一阵子,也不知是不是受到妻的鼓励,儿子高频率地用着"结婚"这个词,闹了不少笑话,我和妻也一直在想这小子究竟说的是什么意思,一直想搞个究竟。

终于有一天解开了这个谜底。那天晚上一家人坐在一起看电视,电视里放的是红军长征的故事片,两支队伍胜利会师时,大家相互拥抱,泪流满面,儿子看得很投入,认真地说:"爸爸、妈妈,你看伯伯叔叔们结婚了。"我恍然大悟,原来儿子说的结婚就是两个人好的意思,这意思儿子是从电视里男女亲昵的动作中悟出来的,我也有误导的责任。有一次电视里正放着一对男女亲吻的镜头,可能是那对恋人过于热烈,动作比较大的缘故,儿子看了,紧张地对着我说:"爸爸,叔叔、阿姨打架了。"我一看,乐了,对儿子说:"傻儿子,这哪是打架呀,叔叔和阿姨结婚了。"儿子不解,问:"什么叫结婚?"我说:"结婚就是好的意思,你看,爸爸和妈妈结婚了。"边说边跟妻做着亲昵的动作,儿子鬼得很,

143

一看就明白了。没想到这小子一次就记住了结婚这个词儿，并且熟练地用上了。

  以后的日子里，儿子一直以自己的理解频繁地用着"结婚"这个词儿。只要我跟妻因为什么闹得不愉快，儿子察言观色发现了，便笑嘻嘻地过来做工作，说："你俩结婚吧。"我们说："结过了，不结了。"儿子不依，说："再结一次吧。"我说："再结爸爸也不跟你妈妈结，要跟一个漂亮阿姨结。"儿子这下更不依不饶了："不行，不许你跟臭阿姨结婚，我们三个结吧。"说着，儿子一手揽着妻的脖子，一手揽着我的脖子，用力往一起拽。儿子这样一折腾，妻的气也消了，一家三口哈哈一笑，风波也就过去了，儿子自然也就成了功臣。

  儿子那时还小，不明白结婚的实际意思。但我想儿子对结婚的理解是对的，结婚便是两个人好，只有两个人相互呵护，相亲相爱，才会幸福地走入婚姻的殿堂，走入婚姻，就更加相互珍爱，相依相伴走过一生。儿子一天天长大，我想儿子长大了，对结婚的理解会比现在更深。

第三辑　岁月镌刻

师魂

  如果苦难与痛苦是每一个生灵必须担当的，那么，承受和感激又会是灵魂的另一种声音。

——题记

  我初中语文老师姓陶，刚开始，我并没有把这个整天穿着补丁衣服、个头小、样子有点怪的老师放在眼里，甚至说有些讨厌他。好在他姓陶，又教语文，不知为什么我总是把他同叶圣陶、陶行知之类的大文人想到一起，爱屋及乌，对陶老师也渐渐地有了些好感。因为我的作文写得不错，陶老师也是爱屋及乌，对我偏爱有加，并提名让我担任语文课代表。课代表的任务是每天收发作业，是出力没啥好处的苦差事。小学时我除了劳动委员这个岗位没有担任过，班长、学习委员之类的班干部都任过，所以对当一个小小的课代表不屑一顾。

  一次语文课上，陶老师郑重其事地宣布了对我的任命，他微笑着请我下课后把今天的语文作业收一下送到他的办公室，但我拒绝了。那一刻，陶老师的表情很怪，刚才的微笑刹那间凝固在脸上。那节课的下课铃声没响，陶老师就下了课堂，这是他以前从未有过的。每次上课，只要上课铃声一响，他就会准时站在讲台前，下课铃声一响，他也都准时地把最后一个问题讲完，一堂课四十五分钟，他安排得分秒不差，并且上课过程中他从来用不着看表，这在全校是绝无仅有的。

课代表我没有当，陶老师也没再勉强。我每月一篇的作文，陶老师仍旧批改得非常认真，有的甚至改得面目全非，几乎是陶老师给我重写了一遍，但无论改得怎样，陶老师在文尾都要正正规规地批上一个"好"字，有时候还当作范文在课堂上宣读。刚开始，我并不觉得这有什么不好，心里有时还美滋滋的。后来有一次陶老师在我的一篇作文上出乎意料地没有批那个"好"字，也没有像以往那样为我的习文调整结构，甚至连句子也没有改，只是在文中的错别字、错的标点符号处画上红圈，并且在文末郑重其事地批下一段话。批下的那段话，陶老师是用小楷写的，写得极其认真。那段话，直到现在，我还记忆犹新。陶老师是这样说的："做文如做人，既要善于从大处着眼，这关乎结构的要求，又要善于从小处着手，这是作文之基础。文章结构固然重要，但也不可小视细微之处。我每次在你文末批的那个'好'字，大都是从大处说的，是对文章结构和立意的肯定。而小处的字、词，甚至标点符号也要认真对待，不可大意。这些都是我几十年做人做文的一点感悟，望酌。"陶老师批"好"字的习文，我大都没有细细琢磨体会过，也都没有留下来，唯有这篇习文我不但一直留在身边，而且常常不经意间就会想起陶老师批的那段话。

当初，我因为嫌课代表职位卑微而不屑担任，陶老师是伤心的，那一刻他的表情和他唯一的一次提前下课就可以看出他当时对我的失望、痛心。这种痛心和失望，陶老师一直没有跟我说起，直至初三快毕业时，我与别班的一位同学发生纠纷，陶老师找我谈话时才说了出来。

那是我第一次跟别人打架，也是唯一的一次。打架是因为陶老师而引起的，和我打架的那位同学笑话我像陶老师一样穷酸、小气，我当时想你这小子骂我倒也罢了，凭什么连我老师一起骂，是可忍，孰不可忍，一气之下，便动了手。

陶老师被人笑话小气和寒酸是因为他是全校唯一穿补丁衣服在学生食堂就餐的老师。学校分学生食堂和教职工食堂。教职工食堂每餐都有荤素炒菜，而学生食堂是少有菜买的，陶老师一直在学生食堂吃饭，每次都是和学生一样，只是买一份饭，从不花钱买份菜，哪怕几毛钱一份的素菜，也不舍得花钱买上一份，和我们这些农村来的穷学生一样，每周都是从家中带上几罐咸菜，吃上一星期。刚开始，我们班的同学大都认为陶老师太小气、太寒酸，还喜欢把他同穷酸书生甚至孔乙己联系在一起。别的班级的学生也私下议论，甚至把陶老师的"寒酸"和"小气"当作我们班的笑料。我小时候家境贫寒，食堂的菜是绝对吃不起的，和陶老师一样，每周都从家里带上几瓶咸菜对付一周，就是从家里带的咸菜也少有油足的时候。或许是相怜的缘故，每次只要有人就这个吃菜的问题寒碜陶老师，我心里就特别不舒服，就像说自己一样，一直想找个机会教训教训那些不知天高地厚的家伙，但人家只是说说笑笑而已，又没有直说我，尽管心里一百个不痛快，也忍着。没想到那一次我实在忍不住了。那是初三年级的元旦，邻班的几位同学找我们班长，说快毕业了，想两个班元旦在一起搞一次联欢，要求两个班的同学每人交一元钱。这样的事大都相应者如云，大家积极性极高，到最后，两个班九十名学生中唯有我没凑这一元钱，不是我不拿，而是真的拿不出来，说实在的，我也很想和同学们热闹热闹，但交不起钱，自然就不好意思去热闹了。心里本来就十分不快，没想到我的无奈被邻班的同学理解成"不合作"，他们不但体会不到穷人家缺钱的苦处，体会不到我当时的苦闷，而且还怪罪我不合作。有位同学甚至冲着我嚷道："你这小气鬼，跟你们班主任一样，只有餐餐吃咸菜的命。"这一骂不亚于当着众人的面重重打了我一拳，一下子激怒了我，我没有丝毫迟疑，扬手就狠狠地给了他一拳。这一拳打得很重，顷刻间那小子就血流满面。这自然惊动了学校，我们俩双双被请到了校训室。剩下的事自然就是两个班的班主任各自将自己的学生领回去处理。陶老师自然也少不了狠狠地训斥我一顿。我一言不发，既不申诉，也不喊冤，一脸不服气的样子。我心想：陶老师啊，陶老师！我为你的荣誉和尊严而战，你反而批评我，你说我能服气吗？陶老师自然是知道我心里的委屈，他轻轻地抚摸着我的头，语重心长地对我说："你也是苦人家的孩子，是知事理的。人家骂你一声小气，你就受不住了，就要跟人家动胳膊动腿，你说，这值吗？穷不是你的过错，吃咸菜、穿旧衣裳也并非你命苦。是的，老师每个月有工资，但每顿吃的还是咸菜，看起来好像是苦不堪言，但我却认为这不是真苦，一个人真正的苦是心灵的孤寂无依。说心里话，老师也不是愿意天天吃那咸菜，也不是爱穿有补丁的衣服，吃好点儿、穿好点儿是人的正常追求，无可厚非，但吃好穿好绝不是做人的最高追求，既然不是最高层次的，值得你为这大动肝火吗？"那一次，陶老师给我讲了许多做人的道理，使我对陶老师有了更深的理解，打心底敬重他的为人。

从陶老师办公室出来，我一直在琢磨陶老师的一席话。后来从别人那里陆陆续续知道陶老师家里的一些情况，我对陶老师的话也就有了更深的体悟。陶老师家在农村，妻子身体不好，全家七八口人的生活全靠他一个月不多并且还不是到时间就能领到手的工资。陶老师每个星期天都要步行十几里山路回家一趟，一是可以帮妻子干一天农活儿，二是可以从家里捎上几罐咸菜。家境窘迫的他也是不得不跟我们学生一样每周从家里捎上几罐咸菜，他也是不得不跟我们穷学生一样，穿有补丁的衣服。但生活窘迫的陶老师既没有为自己的这类行为蒙上俭朴的光环，也丝毫不隐瞒自己吃好一点儿穿好一点儿的追求，在他看来，这是人的正常追求。可贵可敬的就是他不限于这点正常追求，他有比这更高的追求和享受。他凭自己的毅力，在那样艰苦的环境里先后完成两部语文课工具书的编辑，这对于一个农村学校的初中老师来说该是何等不简单。他先后八次获县、市、省优秀教师的殊荣，这在全省也是屈指可数。

前不久，陶老师来信说，他现在退休在家，每天除了看书，就是跟自己教过的学生写信聊天，他说他看到自己教过的学生有今天的成就，他有种成就感，他说这比吃好点儿穿好点儿要强得多，他说这就是他的追求和享受。赋闲在家的陶老师仍然没有忘记对我们这些学生的教诲，他在信中总是要求我们不管什么时候，不论做什么，在什么位置，当多大的官都决不能沉湎于享乐，应该有更高层次的追求，那就是要追求精神上的富有和满足。

"师者，所以传道授业解惑也。"这是《师说》一文对老师的解释。陶老师当年给我们讲授这篇古文时，我理解得并不深，但陶老师用自己的行为诠释了为师之表，为师之德，给我留下了深刻的印象，给了我很好的教育。时过这么多年之后，我常常想起他，想起他写给我的那段批语和他讲给我的那席话，这些都让我受益匪浅。

感谢您，陶老师。

乡里乡亲

我十四岁时穿着母亲做的那双厚底布鞋从老家的那个小山村到外地读书求学，算是少小离家。尽管以后也常有机会回家，但都来去匆匆，很少有在家住上几日的时候，对老家的记忆渐渐少了，老家能记住名字的人也渐渐少了。我不知道随着日子这么一天天过去，我对故乡的记忆还能存储多久，会不会忘记过去曾为之心动落泪的往事，还有二爷、储妈，邻里铁匠老二这些乡里乡亲，我能永远记住他们吗？我的心路旅程里，他们在哪里安息？我在哪里找寻童年的记忆？

本家二爷

我们老家把叔称为爷，二爷即我的二叔。二爷跟父亲并非亲兄弟，据母亲说，父亲是祖父的独生子，祖父是曾祖父的独生子，后来查家谱，家谱里也清清楚楚地记着，二爷只是父亲没出五服的兄弟。父亲死得早，我记不清父亲的相貌，这一直是我埋在心底的遗憾。我长大刚记事的时候就曾问过母亲，"我大（我们家把爸爸叫大）长得什么样？跟二爷像吗？"母亲说："不像，一点儿也不像，二爷和你爸不是亲兄弟。"母亲说这话的时候，一脸的不高兴，甚至有些生气的样子。我不知母亲为什么生气，但我看得出一向与人为善，心境恬淡的母亲一定是心中有莫大的委屈和愤懑，否则她是决不会这样生气的。从那以后，我再也没问二爷跟我们家的事了。后来听姐姐说，二爷对我们家不好，他当生产队长的时候，曾无缘无故扣过母亲的工分，不为别的，只是想在别人那里讨个大公无私的好名声。姐姐说二爷特想当队长，生怕丢了官帽。知道了这个，我也就理解了母亲当初一提二爷就生气的缘由。因为这个结，我对二爷的印象就不好，有好长一段时间不叫他二爷，更不去他家，尽管他家生活比我家好，我也决不去蹭一顿饭。

　　二爷的眼睛不好，患白内障，看人时离得很近也要翻白眼仔细瞧，特别是数钱，更是要把钱凑到眼睛前使劲儿地瞧。眼睛不好的二爷还特别爱打牌，但村里少有人愿意和他玩，一是因为他眼睛不好，打一张牌有时要对着光左瞧右瞧好一阵子，大家嫌慢；二是因为二爷口袋里少有余钱，输了常欠着。大家怕二爷还不上。二爷没牌打，就常凑在一旁看别人打。二爷看牌时一语不发，绝对遵守牌道规矩，村里人对这点是绝对佩服的，大家也爱让他看，所以，那时候村里人打牌，二爷常坐在一旁看着，一语不发。有时候，我不知怎么，看着二爷那看牌的样子，心里有些酸酸的，觉得二爷其实挺可怜的，眼睛不好，又缺钱，只有看的份儿，没有打的份儿，这是挺难为人的。尽管对二爷印象不好，但毕竟是我二爷，那点亲情还是常常涌上心头的。

　　二爷人很勤快，虽说体质不好，眼睛不好使，但二爷的农活儿做得不错，一年四季，不管刮风下雨，常在地头劳作，白天少有闲着的时候，没到五十岁，背就佝偻得厉害。二爷的酒瘾和烟瘾都很大，烟抽的是那种自己家种的旱烟，不花钱，酒是要钱买的，尽管是一斤才块儿八毛的散装酒，但对二爷来说，也不能尽着量喝，每顿最多只能喝二两，喝到有点酒意就收了。二爷馋酒的样子，我是记着的，觉得辛苦劳累的二爷真的有些可怜。后来，我从外面回老家探亲，都要给二爷带点烟和酒，二爷每次都说太破费了，也象征性地客气一番，然后收下。二娘说，我送的烟和酒，二爷常常珍藏好久才舍得拿出来享用，碰到人就说这烟这酒是他在外面做事的侄儿送的，二娘说二爷每次说到这些都很自豪，说我是陈家的骄傲，为祖上争了光。有一次回家，二娘悄悄地把我拉到一旁，对我说二爷有一次喝醉了，哭了，哭得很伤心，说他对不住大哥，没照顾好嫂子和侄儿，他心里有愧……二娘说的时候，眼眶红红的，我心里也觉得难受，觉得二爷除了可怜之外，其实对我们也是好的。

　　二爷的好也是不少的。父亲走后，母亲带着我们几个艰难度日，最难过的莫过于除夕，除了心里不好受外，年夜饭是全村最简单的。每年除夕，二爷家的年夜饭就吃得特别早，一家人吃过年夜饭，就早早地赶到我家，陪我们守夜。二爷话不多，但他一来，家里的气氛就会好一些，对这一点我是从心底感激的。

　　二爷平常话就少，为人也懦弱不争，一般情况下，是很少跟别人争个高低的。但有一次，为了一件小事，二爷发火了。二爷发火，样子很可怕。二爷发火是因为我。那天放学回家的路上，有几个同学打架，我开始还劝了几句，看没人听我的，就先走了，绝对没动手，但打架的两个同学为了逃避家长的惩责，竟结盟说是我在中间挑事，把罪名都推到我身上。打架的同学的家长偏信了自己儿子的谎言，气冲冲地跑到我家责问我。母亲向来对自己家孩子严字当头，也不管事情真相是什么，是谁对谁错，先是狠狠地训斥我一顿，然后向人家赔礼道歉。别人家小孩是得了便宜还卖了乖，而我却无缘无故受到冤枉，心里十分不平衡，委屈地躲在一旁痛哭不已。正巧被二爷路过看见，问缘由，二爷说："你这小子平时不是挺硬气的吗？今天怎么哭了？受人欺负了，跟二爷说，二爷教训他们。"我本不想说，但二爷一直追着问，就直说了。二爷一听，勃然大怒，嘴里就骂开了，拉上我直奔反告我的那小孩家，一家一家地责问那孩子家长，凭什么拿没爹的孩子当软柿子捏！并警告说："倘若以后再这样，一定不再轻饶。"从那以后，我不再受村里小伙伴的随意欺负，因为他们害怕二爷，害怕二爷发怒，他们说二爷发火的时候样子真凶，挺吓人的。为此，我从心底感激二爷，这一发威，真的起了不小的作用，让我少受了不少苦头。

二爷的思想很保守，一连生了四个闺女后，还坚持要生个儿子，于是跟计生干部搞对抗，硬是顶着重重压力，把第五个孩子生了下来，总算有了个儿子。有了儿子之后，二爷还想生，又跟计生干部玩起了捉迷藏的把戏，东躲西藏地又生了个女儿，叫六妹。为这，二爷没少吃苦头，被罚了不少钱，日子一直过得紧巴巴。后来，本来准备养大了防老的小女儿早早地就谈了恋爱，远嫁他乡，为这事，二爷气得卧床一个多月，好几年也不认她。二爷最失望的是儿子娶妻之后生了个女儿。没有添孙子的二爷打心底失望，孙女出生之后，二爷的身体就一天不如一天，精神也不如以前好了。年初，堂弟来电话说二爷病了，病得不轻，得的是癌症，恐怕没几天了。我说："尽尽孝心吧，有什么好吃的做给老人吃。你爸一生也没享什么福，前些年儿女小，光吃苦，这两年，儿女成家立业，日子渐渐好了些，身体又一天不如一天，趁老人在世上，多尽点孝心。"堂弟说："尽全家之所能吧，农村人比不上城里人，能治我砸锅卖铁也要给老人治，真的没得治，也不硬撑着乱扔钱给医院，家里毕竟还有老娘、老婆和不满一岁的女儿呢！"我对堂弟的看法表示理解，我说："有什么困难，你就来信来电话，我也可以尽点力，二爷在我小时候护过我呢！"但堂弟后来一直没有来信也没有来电话，直到前不久，我出差在高原，堂弟突然来电话，说二爷走了，走得很平静，没留什么话。

那几天，我心里总想起二爷，想二爷对我家的好，有时候也禁不住想起二爷和母亲为了工分之类的不好的事。我在高原出差的那些日子里，常常有酒，每每捧起酒杯，我就想起二爷，不知在另一个世界里的二爷，有没有酒喝。

我想，二爷会有酒喝的，堂弟知道二爷好酒，一定会在他坟前置个酒杯，让二爷在那边过上有酒喝的日子。二爷在世时常说，有酒喝的日子就是快乐幸福的日子，愿二爷快乐、幸福！

独居的储奶奶

储奶奶是我们村的五保户老人。严格地讲，储奶奶不能算是五保户，因为虽然她孤独地生活，但她有侄儿、侄孙，按乡下人的规矩，侄儿有在婶婶前尽孝的义务，这样的老人不能算五保老人。但储奶奶的侄儿对储奶奶很一般，加上侄儿娶了一个聋哑人，生活过得很艰难，村里大伙儿一合计，就把储奶奶当五保老人看，由村里人出钱、出粮、出力养起来。

储奶奶的脚裹得很小，走起路来总觉得不怎么稳当，但小脚的储奶奶很少摔倒，而且走起路来比一般的大脚妇女还要快。虽说是五保老人，吃、穿、住、医没问题，但储奶奶仍然坚持劳作，农忙的季节总是到田间地头给干活儿的社员送点水，替大家看看孩子，说是做一点力所能及的活儿，其实是帮了人家大忙，村里的孩子储奶奶大多带过，我也是储奶奶照看过的。

储奶奶一个人住在侄儿那栋房子旁的一间侧屋，与侄儿家之间原本有扇小门通着，后来被奶奶的侄儿给堵上了。面子上说是孩子多了，常跑来跑去，怕吵了老人，其实，真正的缘由是侄儿家常有改善伙食的机会，有门通着，想瞒也瞒不住，送吧，东西少而嘴多，舍不得；不送吧，面子上也过不去，所以干脆把门堵上。储奶奶对堵门之事从来没说什么，但我想老人心里是伤心的。据说，从那扇小门堵上之后，储奶奶就再也没有去过侄儿家，直到死也没再走进侄儿家的大门。储奶奶死后，按我们当地的风俗，是要在正屋的正堂停放两天供人吊唁的，但储奶奶死后没停到侄儿家的正屋，听队长说老人咽气前留下话，死后决不去正屋，就停在自己住的侧屋。队长按照老人的遗愿，不论储奶奶侄儿怎么说，都以老人生前有交代为由回绝。

储奶奶下葬的那天，队长趁全队人都在，公布了一个谁也没有想到的消息：储奶奶临死的时候给了他一个布袋，说等她死后交给公家，专供村里孩子上学用。队长当时也没在意，心想这样可怜的老人，不会有什么值钱的东西，无非是些在老人眼里挺贵重而其实并不值钱的物什。储奶奶死后，队长打开一看，也傻了眼，布袋里装的竟是二十块银圆和一堆首饰。这是谁也没料到的，老人一生俭朴，日子过得紧巴巴的，有这堆东西，可以过几年富裕的日子。储奶奶侄儿知道后，不干了，说："这是储家的财产，理应由储家来处理，不能充公。"队长说："老人活在世上的时候，你们都干什么吃了，怎么不在老人生前多尽些孝心，老人是队上的五保户，活着的时候是公家养着，死了是公家送葬，你们尽了什么责任？再说老人生前有话，这东西一定要交队上。"为这事，储奶奶侄儿闹了好一阵子，但怎么说队长也没理他那茬儿，银圆和首饰按储奶奶的遗愿充了公，成了村里的教学基金，村里孩子都从中受益。

村里人都议论那银圆和首饰的来头。有人猜是储奶奶出嫁的嫁妆，有人说不是，储奶奶娘家并非大户，不会有这么丰厚的嫁妆。有人说是储奶奶的丈夫留下来的，传说解放前，储奶奶丈夫曾做过山大王，是真是假，村里谁也不敢说。但储奶奶这一辈子为人善良，日子过得很俭朴，是全村人都知道的。

储奶奶死后三年，村里给她立了一块碑，把捐献银圆、首饰的事记在了碑的背面，让后人凭吊存念。

铁匠老二

邻里有个朱姓人家，是铁匠世家，生有三子，二儿子从小跟父亲学了铁匠活，因排行第二，左邻右舍都叫他铁匠老二，不管是年近花甲的大爷大娘，还是刚学会叫人的小孩，统统这样称呼。铁匠老二生来就寡语少言，不管谁叫，他既不应声，也不点头，甚至连正眼也不看人，只是你叫他做什么，他就做什么，从不多说一句话。

老铁匠肺不好，老咳嗽，自知自己做铁匠活儿不会太久，急着把手艺传给老二。老二学得也投入，加上身体好，不到抡大锤的年龄就学到一手好铁匠手艺，比做了几十年铁匠活儿的老父亲也差不到哪儿去。铁匠老二刚十八岁要另起炉灶单干，老铁匠不同意，骂老二不知天高地厚，拿铁匠世家的名誉当儿戏，把四乡八寨人抬举了大半辈子的铁匠王的名分没当回事，斥责老二为不肖子孙。老铁匠十分珍惜自己打造了大半辈子的名声，坚持要亲自督战监工，至少要当技术顾问。老二不信自己做不好铁匠活儿，谁也不说，自己找了个地方，支了一眼炉灶，自个儿干起来了，没让老铁匠到现场指导，说老铁匠在现场碍事。

老铁匠一气之下大病一场，身体一天不如一天，想现场做监工也体力不支了，老二也就顺理成章地坐上了四乡八寨铁匠王的交椅，接所有送来的铁器活儿。老铁匠坐镇的时候，一直坚持工匠之间一条不成文但大家一致守信的规矩，做工都是吃在东家，一天按一个劳动力收工钱，材料费实耗实收，工艺必须做得精细，决不能偷工减料。那时候老铁匠只做工艺复杂点的活儿，那些简单的边角活儿都让给别的小铁匠做，老铁匠讲的是一碗粥大家分着吃，和气生财。铁匠老二没理父亲的规矩，他按件收费，每一件铁器都明码标价，你只要按标的价付钱，别的什么都不用管,连根烟都不需要敬。他也不论大活儿小活儿,只要有人送来让他做,他都接。他这样一放开,以前老铁匠分给别的小铁匠的活儿都到了他这里。铁匠老二身体好,没日没夜地干,把所有的铁器活儿都揽下了。这下惹恼了小铁匠们,没活儿干了的小铁匠们纷纷来找老铁匠,要老铁匠出山收拾这一霸天下的混乱局面。老铁匠知道自己儿子的脾气,长叹一声,摆摆手,把这帮小铁匠请出了家门。从此,铁器活儿铁匠老二一人独揽的局面无人再说三道四,那些小铁匠有的到外地另谋活干了,有的干脆老老实实做起了农活儿,不再吃手艺饭了。

铁匠老二的铁匠铺火了足有十年之久。直到20世纪90年代初,一场农具大革命几乎一夜之间把铁匠老二的活儿全给抢了。祖祖辈辈习惯了在铁匠铺打造铁器的农民发现工厂成批成批生产的铁器比铁匠老二一锤一锤敲打出来的还要好,价格还低了好多,自然没人再去找铁匠老二了。

铁匠老二失业了。

失业了的铁匠老二只好重新拿起锄头干农活儿了,铁匠老二很不习惯,总认为自己一手好技艺废了,是巨大的损失,更让他难以接受的是铁匠世家从他这一代就断了,他感到脸上无光。他发誓把这手艺一定要传给儿子,不管用得着用不着,都得传,他把这看成是责任,不能推卸的一种责任。

没铁匠活儿干的铁匠老二没拆那眼灶,时不时还生火打铁,农具没人要了,他开始打精细的东西。一开始,他只是打着消闷,同时也为几年后传儿子技艺做准备,没想打出什么名堂。打着打着,他打造的一种铁火锅在全村上下兴开了,铁匠老二又红了一阵,没多久,家家户户都有了铁匠老二打的铁火锅,铁匠老二又闲了下来。

铁匠老二闲不住,他开始挖煤。他打铁的时候对煤有研究,知道哪儿煤好,哪儿煤孬,只要他开口说哪儿煤好,哪儿的煤就卖得旺,所以大大小小的煤矿都找他加盟。开始他不下井，只做一些识煤的技术活，其实只是充当招牌而已，后来也跟着大伙下井，铁匠老二说下井挣的钱多，也知道井下的煤场是个啥样子，多一点儿见识。铁匠老二下井没几回就出了事，一次在井下作业时被一块巨大的煤石砸死在了煤窑洞里……

铁匠老二死的时候，儿子才五岁，铁匠活儿还没来得及传，铁匠老二是带着这个未了的心愿突然走的，留下了一对儿女和妻子，留下铁匠世家的遗憾走了……

前年我回乡探亲，听村里人说铁匠老二的儿子自个儿学起了打铁，我便前去探个究竟。铁匠老二的儿子长得很壮实，长得和铁匠老二特别像，一样话不多，见了我叫了一声，便又闷头打他的铁……

我不知道铁匠老二的儿子为什么要学铁匠活，是想延续铁匠世家的名分，抑或对父亲的一种怀念，还是另有隐衷？

世事纷扰，岁月流水。我记忆中的乡里乡亲渐成永久的回忆，我以前不常记起他们，但一想起来，就会有好几天不平静，我不知道自己是不是把什么永远留在了遥远的故乡……

记着的，可能是永远记着了，忘却的，或许只能暂时地搁置……

蒋妈

蒋妈不姓蒋，只是因为她收养的儿子姓蒋，村里的人都称她蒋妈。蒋妈究竟姓什么，村里人不太清楚，或许有极少的几个人知道，我是不知道的。

蒋妈讲一口上海话，这在我们那个小山村，是绝对的唯一。蒋妈的阿拉上海话，村里没有人能听懂，我们山里人的土话，蒋妈自然也一句听不懂。村里人很少有人理蒋妈，很少有人跟蒋妈说话，大人们都像躲瘟神一样，离蒋妈远远的，只有小孩子们偶尔背着大人，跟蒋妈嬉戏一阵，大多也是冲蒋妈口袋里的那几颗水果糖，只要蒋妈掏出来，孩子们便一哄而上，抢到手后，又一哄而散，留下蒋妈呆呆地站在哪里，木然无语……

我是村子里唯一不抢蒋妈糖果的孩子。其实，我也想抢，只是害怕母亲怪罪而不敢。有一次只是从别的小伙伴那里要了一颗从蒋妈手里抢来的糖果，还没舍得吃，就被母亲发现了，母亲以为是我抢的，狠狠地教育了我一番，母亲反反复复嘱咐我以后不许对蒋妈不礼貌，更不能抢蒋妈的东西。我好几次问母亲，蒋妈究竟是什么人，为什么有人敢欺负她，但每次母亲都沉默不语。

蒋妈待人很和善，尽管村里人不太理她，但她总是微笑着面对左邻右舍。村子在大山的深处，很偏僻，加上那时候村子里很穷，山里人少有出过远门的，除了十多里外的小镇，还偶有人去过，再远的地方是很少有人到过的，对外面的世界知道得极少。蒋妈从上海来，带了些山里人从来也没见过的稀罕物什，山里人脾气倔，尽管心里都巴不得想见识见识这些没见过的稀罕物，但谁也不主动去蒋妈家，都远远地躲着她。

有一次，村里有家孩子突然病了，送去城里一住院检查，医生说需要住院动手术，可动手术需要一笔在乡下人眼里不是小数目的钱，孩子的父亲拿不出来钱，只好把孩子带回家。蒋妈知道了，悄悄地找到孩子的父母，从怀里掏出一对玉镯，说："这东西能值几个钱，赶紧找个地方把它换成钱给孩子看病。"孩子父母再三推辞，但蒋妈几乎用哀求的口气求他们必须收下，说给孩子看病是耽搁不起的。孩子的父亲忐忑不安地收下了蒋妈的玉镯，拿到县城换了二百多块钱，给孩子做了手术，救了孩子一命。孩子的父母打心底感激蒋妈，蒋妈依旧那样安静地过着日子，依旧心平气和地生活，和善地对待并不和善的乡亲，村子里谁家要是有什么急办又缺钱的事，她都会帮上一把，蒋妈帮人救急，从来不计回报，就是帮了人家，人家还不理解她，她也不往心里去，依旧热心地帮助着她认为需要帮助的人……

蒋妈是个缠脚的女人，脚小，干农活儿自然是不行的，加上山里的活儿大都是力气活，蒋妈能干的就更少了。平日里，村里人都上地里干农活儿了，蒋妈只好在家里做点针线活。那时候，村里人还没有人穿毛衣，更没有人会织毛衣，蒋妈不仅会织，而且织得很好。蒋妈常常从箱子里找出团团毛线，坐在门槛旁的椅子上织着毛衣，但从来也没有见蒋妈穿过毛衣，她的养子也没有穿过。蒋妈织好了又拆，拆了又织，不停地织，不停地拆。后来，不知从哪里刮来织毛衣的风，村里年轻人谈恋爱，女孩子织件毛衣送给心仪的男孩成了一种时髦。村里的姑娘们都悄悄地学起了织毛衣，蒋妈自然成了她们心目中的老师，但姑娘们没有人会大白天去找蒋妈请教，只有个别胆子大一点的，趁天黑悄悄到蒋妈家向蒋妈求教。蒋妈对上门求教的都非常热情，她很激动，从上海来到山里，这还是第一次有人主动找她，第一次感觉到自己还是一个有用的人，她不厌其烦地教，恨不得把自己织毛衣的所有本领一股脑儿地教给她们。在蒋妈那里悄悄学了技术的，又把学到的技术传给了村里别的女孩子，一时间，村里的姑娘们织毛衣的水平大有长进，在方圆百十公里都小有名气，外村人都夸我们村姑娘心灵手巧，村里的姑娘心里都美滋滋的，尽管表面上跟蒋妈还是那样隔得远远的，还是极少跟蒋妈说话，但她们都从心底感激蒋妈。

　　蒋妈自己没有生孩子，从上海来的时候，带了个养子，名叫蒋军。因为名字起得不当，又是一口上海话，被人骂作"蒋介石的小特务"，加上村里人一直避着蒋妈，蒋军就更少有人理，常常被一些调皮的孩子辱骂。尽管后来蒋妈把"蒋军"改为"蒋钧"，但仍被人欺负。孩子不像大人有自制力，改过名字的蒋钧常因此与人打架，不管是赢了，还是败了，都少不了村里人的训责甚至殴打，孩子被人欺负，蒋妈心里自然难受，但嘴上仍要不停地跟找上门来的人赔礼道歉。孩子小的时候被人欺，还可以忍忍气，可长大成人后，找不到对象、成不了家，就成了蒋妈一块心病。从来不求人的蒋妈为了儿子的婚事到处求人，找了不少人，也找过我母亲，说我二姐跟蒋钧年纪相仿，挺般配的，能不能上门提亲，但一向深明大义的母亲却拒绝了。养子蒋军讨不到媳妇，蒋妈心急如焚，看到村里比自己还小一大截的人都有了孙儿、孙女，做了爷爷、奶奶，蒋妈心里更不是滋味。

儿子娶不到媳妇的蒋妈家，门庭一直冷落，几乎没有人会大大方方地去，就是村里的孩子，也不敢去蒋妈家。就在母亲拒绝蒋妈提亲的第二年春节的大年初一，一大早，母亲就把我叫醒，叫我趁村里大多数人家还没开门，去蒋妈家一趟，给蒋妈问个安、拜个年。我虽说不知道母亲的意思，也不太情愿大年初一就去给蒋妈拜年，但我向来听母亲的话，知道母亲让我们这样做自然有母亲的道理，就去了。我到蒋妈家时，蒋妈已起来了，正在扫地，见我来给她拜年，蒋妈喜出望外，蒋妈万万没有想到大年初一会有人去给她拜年，并且还是一个大男孩，除在我口袋里装上不少糖块外，还特意给了我十块钱压岁钱。不管我怎样推辞，蒋妈坚持要给，没办法，只好惶惶收下。回家的路上，我一直担心母亲会怪罪我要了蒋妈的东西，一回家就把糖果和钱如实地交给了母亲，但这一次母亲却出人意料地没有批评我。当时，母亲好像心事很重，坐在饭桌前，一个人自言自语道："蒋钧是个好孩子，可是他怎么偏偏姓蒋，讲上海话，还喊蒋妈'妈妈'，蒋妈是个好人，可她毕竟是……"母亲的话，我没听清楚，但我似乎明白了母亲的意思，我想原来母亲和村里的大人是知道蒋妈身世的。

原来，我一直认为是好人的蒋妈是个这样的人……

我离开村子那年，蒋妈的身体就不太好了，很少在村子里能见到蒋妈。听母亲说，蒋妈病了，可能活不长了，叫我去看看蒋妈，但我没去。自从那次给蒋妈拜年，要了蒋妈的压岁钱后，我心里总觉得欠了蒋妈什么，老有一种愧疚感，一直不敢再见蒋妈，只是在心底感激蒋妈，为蒋妈祝福……

不久，母亲在一次来信的最后用小字加了一句话，说蒋妈死了，母亲说没想到蒋妈死后会有那么多人去看，出殡的那天，来了很多人……

去年冬天，我再次回到阔别多年的老家。不知为什么，跟母亲聊天，没说几句话就聊到了蒋妈，母亲说，蒋妈的棺材现在还停在东边的一个小山包上，还没有下葬。蒋妈的养子在蒋妈死后，回了上海，一直没有再回来。蒋妈住过的房子早已倒了，现在已是一片菜地，那菜长得特别好，绿绿葱葱的一大片……

我不知道从上海只身来到这么一个偏僻山村的蒋妈什么时候能入土安葬，我真心地盼望蒋妈的养子能早一天回来安葬蒋妈，让可怜的蒋妈入土为安，愿蒋妈早早安息。我想蒋妈的养子会回来的，毕竟是蒋妈养育了他。

我还想，蒋妈墓前应不应该立碑，倘若一定要立，谁也不知蒋妈叫什么名字，碑怎么立，碑文又该怎么写？再一想，没有倒好一点，其实时间久了，有没有碑都是一样的。

山巅之上那片金色稻田

　　回到故乡参加首届昭明文学大奖赛的颁奖活动，是我早就计划中的行程。获得文学大奖自然是欣慰兴奋的，更何况我获得大奖的那篇散文《父亲的茶园母亲的歌》是我对家乡那片山水的想念，有着特殊的情感倾注，无论岁月如何变迁，高山之上的那片茶园依旧在每年冬去雪融之后与大地一同醒来一起葱荣，动人的茶歌依旧在茶香中唱响葱绿的山谷……

　　因为茶园、因为茶歌而有了此次回乡之旅，却在这次回乡之行中看到江南另一种美，这种美是生长在山巅之上的那片稻田给予我的。池州硒米研究会会长李志中先生作为这次文学大赛的特邀嘉宾参加了颁奖活动，我与他有了直接的接触，加上活动期间品尝到大山村富硒米，除了茶之外，我对家乡的这一宝有了见识。从此，生于江南、长于江南的我终于找回对于江南鱼米之乡应有的记忆。

　　对于江南水乡的印象，并不存在于我童年的记忆中。老家是传统茶乡，一条大河在山谷间昼夜欢歌，依山而居的乡亲大都住在半山排上，且住得分散，很少有几户人家相邻而住。这样的分散居住或许是因为当年耕种土地的稀少，大家就尽可能地分散开来，靠近自家的土地而住，这样便于耕种那仅有的一点土地。我们这些分散而居的乡亲，大都听着水声却常年缺水，要走上好几里的山路从大河里担水来满足日常用水，有条件的也有从山间引山泉水的，那也只能满足日常生活用水，农业灌溉是不可能的。正因如此，家乡就成了茶乡，与水关系大的种植都忍痛割爱了，哪怕是缺粮挨饿的时候，也只能种一些抗旱的作物，水稻是不敢奢望种植的。我们茶乡是吃供应粮的，供应的稻子大多是陈粮，所以在我年少的记忆里，米饭的味道很特别，难说有多么美味可口。那年我参军入伍来到陕北，有战友问起我是哪里人，当我回答江南贵池时，对方都会跟上一句"江南很美，鱼米之乡"！开始我还解释几句，说我家乡是茶乡，水很金贵，鱼米之乡的名头是落不到我家乡的。后来，我专门写了一篇散文《水贵为礼》，更清晰地讲述了江南茶乡缺水的往事。缺水的家乡也就没有了鱼米之乡的美名。后来，吃上东北大米才知道米饭原来真是那样的香甜。二十年前的夏天，母亲从家乡来京生活，第一次吃东北大米的母亲对我说，这米怎么这么好吃，没有菜都能吃上三大碗。我只是笑笑，没有跟母亲细述这大米与我小时候吃过的大米的差别，不想破坏母亲对家乡大米那存于心几十载的亲切与温暖，那曾经是她日夜辛苦劳作想给孩子们换的最好的粮食。也就是从那时起，习惯吃东北大米的我，也从不比较东北米与江南米，不再找年少时江南大米那个味道的回忆。

有一次，母亲跟我拉家常，说起我小时候家里的苦，母亲说当年村里也曾经种植过几年水稻，一年只能种一季，加上产量低，尽管种稻子的田块离村里那条大河近，但灌溉依旧不是很方便，遇到干旱年份，要从河里担水灌溉，所以没种几年的水田就又改种旱作，玉米、高粱、红薯也就成了我们小时候餐桌上必不可少的主食。母亲说村上种水稻那几年每家也能分上几十斤稻子，虽说产量低，但那米是真的好吃。我笑问母亲，要是跟东北大米相比呢？母亲说不差。我那时年纪小，对是否吃过那样好吃的米饭没有任何印象，猜想母亲未必真的舍得吃那么好吃的米饭。在我记忆里，就是陈粮大米饭母亲也很少舍得吃，总是把米饭省下来给我们几个孩子，而自己总是吃些杂粮。那样的聊天也就隐隐留在了我心里，原来我的家乡也可以种很好吃的水稻，只是那个时代因为追求产量而改种其他旱作粮食了。说起来这也算是一个遗憾，让我竟对家乡鱼米之乡的美誉产生如此久的误会。

真正解开这个心结的是一个品牌的出现。梅里生态米业，这是家乡一个驰名品牌。梅里生态米之所以成为品牌，就在于生产的大米有一个独特的品质：富含硒。硒元素是人体必需的矿物质营养素，富含硒的作物是有益于人体健康的食品，受到当下人们的追捧。梅里生态米产地位于北纬30度的大山村，因其土壤富含硒更添神秘色彩，吸引海内外游客来此度假旅游、养生疗养，不少人慕名而来成为常住居民。而我中意的是那片山水，喜欢那里的山，喜欢那里的水，更惊奇留恋那山水间的那片稻田。高山之上的那块稻田，如同江南水乡的一幅多彩的宣传画，以春天的葱绿、夏日的苗壮、秋天的金黄描绘出一幅独具江南韵味的美景，这美景如同一张名片，以其多姿与底蕴向亲近她的人展示着岁月精华。那天，我与友人立于这幅美景前，眼前仿佛再现母亲曾经跟我提起的家乡的那片水稻田，亦是那样的秀美又充满希望，这记忆好似被人从记忆的最深处轻轻地拽了出来，是那样亲切而温暖。

从十八岁离开家乡来到军营，至今已是三十年，这三十年除了军校那几年，大都工作、生活在北方，江南已成了我记忆里的故乡，思念是常有的，更何况每天必备的茶是来自故乡的精品。我也写过家乡生活中的许多文字，特别是茶，成了我向外推介家乡最好的名片，独缺了关于每天都吃的大米的印迹。我把那片水稻的记忆遗失在了江南，遗失在了少年的记忆里。

去年秋天，在家乡主政的雍成瀚市长进京推介池州的山水，席间就池州的富硒产业有过深入交流，他送我一袋大山村的富硒米，说品尝家乡米，不忘故乡情。我还没来得及过口福，我的战友，也是乡友，现已转业回家乡的作家阮德胜也给我邮来大山村富硒米，十分恳切地说这米是大山村第一镰的新米，很珍贵，一定要尝尝。从家乡来的两袋米，包装不一样，情却是一样的。不管是市长馈赠推荐，还是战友友情表达，我都收到了，收到的不仅是温暖，还有希望。我知道，故乡高山之巅那片稻田，不再只是存于记忆的，而是葱绿于那片江南山水、金黄于那片沃野田园，更何况还有李志中先生梅里生态米业生态化、现代化的精心经营，那葱绿、那金黄不再是我记忆中的那一小片，而是满眼充满希望的未来⋯⋯

征程中，我庆幸拥有这个支撑点

　　人是需要支撑的，正如人字一撇一捺的写法。

　　我当兵的目标很明确，就是考军校。高中毕业那年没考上军校，班主任说第二年我就是考到清华北大的分数也圆不了军官梦了，于是我就毅然决然地从补习班出走报名参了军。报名的时候说是到二炮，没承想到了新兵连才知道自己是工程兵，其实招兵的也没说错，我们当时哪里知道二炮部队竟然还有工程兵。工兵是很苦的，不仅工作环境苦、强度大，还时刻面临着生死考验，更难以排遣的是"白天兵看兵，晚上看星星"的无尽寂寞，如何在这苦中坚持下来，是我这个学生兵首先需要蹚过的难关。大多战友跟老工兵学会了喝酒，这应该说是工兵的看家本领，这不是借酒消愁，而是一种情感的支撑，进入新阵地要喝誓师酒，新兵进坑道前要喝壮胆酒，突击队上要喝壮行酒，工程竣工要喝庆功酒，在烈士牺牲的地方要喝告慰酒，如此种种，每一顿酒都有一个主题，每次总是那样激动人心，让人热血沸腾。在这样的酒文化熏陶下，我自然也学会了喝酒，也培养了酒量、锻炼了胆量。学会喝酒的工兵情感生活也丰富了起来，劳累了一天的工兵们来不及洗去身上的泥土，就聚集在操场上，对着绵绵的大山一首接着一首高唱队列歌曲，有时也夹着唱一些流行歌曲，常常这个连队唱完了，两里开外的另一个连队接着唱，歌声在寂静的山谷里良久不绝，本是落寂的大山一下子就充满生机活力，看着星星的战友们心中也不再寂寞。我也是在那样的日子里学会了唱歌，是那种扯着嗓子喊的歌唱风格，有人将其概括为工程兵唱歌的"三大"风格，就是"大胆地唱，大声地唱，大概地唱"，我理解这种风格唱的是一种心情，唱的是一种人生追求，而不单是艺术。

　　学会大碗喝酒、学会大声唱歌的我，在酒尽了兴、歌尽了兴之后，心中依旧搜寻着那些在酒中、在歌中蕴含着的丰富情感，那是让人难以释怀的一种情愫，那是一种飞扬和激动之后的思考，我选择了用文字记录的方式，把这些留给自己，也留给那段岁月和经历那段岁月的人们。这也成了我心灵的支撑。一开始是自己写自己看，接着是出黑板报，一个连队四块黑板一个星期换两期，我毛遂自荐当主编。说是主编，一开始手下也没有什么固定的人，谁有兴趣谁都可以来上一下，内容千差万别，可以说是应有尽有。文章的文学价值不好说，但哪怕一句话也都是那种砸在地上就是一个坑的铮铮之语，特别有劲。战友们都爱看，我们班的弟兄们看我业余时间太过劳累，坚持要我专职负责板报，我的那份累活他们替我干了，我说："好意领了，业余改专职好是好，但实在不敢，要是允了那就在全军闹大了，成了最没谱的报业专职了，给我十个胆也扛不起，继续与大家一起累、一起喝酒、一起唱歌之后再干我那点小活儿吧，那样心里会更有谱，办的板报也会更有看头。"业余板报办了大约两个月整整三十期之后就停了，征得我当时连队连长同意后，在我们连办起了报纸，我还是自己吃苦自己当主编。报名借用了我高中办的《秋浦泉声》，现在想起来那时的确单纯，也欠思量，面对陕北黄土地，面对来自五湖四海的战友，我眼光还只是盯着我家乡那点水土那点文化，何以凝聚兵心？前两期还算顺利，第三期就走下坡路了，第四期也就成了告别号。办报的业余生活前后经历了三个多月，虽说现在除一位早已退伍的战友还珍藏着一份创刊号外已没有留下任何实物，所有的艰辛和快乐都仅存在了记忆中，蓦然回首，竟在这简单的业余生活中构筑了快乐的精神家园，收获了一份不断奋力前行的力量支撑，伴随着我一步步从工兵生活中走来。

也正是有了这种其乐无穷的业余爱好，我在管理几近苛刻的军校里度过了丰富快乐的时光。我凭借办报的经历和对文学的挚爱，很自然地成了校报的主要作者兼编辑的得力助手，写稿编稿成了我业余生活的主题。在同学们假期回乡度假的日子里，我选择了独自远行。1993年暑假，我从延安出发，徒步穿越陕北的三县一市近百个村庄，实地考察老区的希望工程，二十二天假期里，我与老区许许多多所农村学校的老师和学生近距离接触，真切感悟他们对希望工程的渴望和对美好生活的无限憧憬。归校后我写下了数万字的调查报告——《希望在黄土地上崛起》，获学院暑期社会实践活动征文一等奖，学院为我安排了专场报告会，全国十多家报刊报道了我的老区希望行，引起强烈的社会反响。1993年寒假，我再次选择远行，独自踏上正在修建的大京九铁路工地，十三天里，跋涉近千里，同筑路大军同吃、同住、同劳动，在工地上写就的长篇报告文学——《万千铁臂挽起大京九》获学院征文一等奖，再次登上了学院的报告厅为全院近万名师生作专场报告，在全国多家报刊发表后，引起强烈反响。

此后的日子里，不论我是在基层连队任职，还是到团、师、军乃至兵种机关任职，坚持在思考中写作，在写作中思考，从不放弃，从不懈怠。2002年，当我的作品集《秋浦泉声》（解放军文艺出版社出版）在全国新华书店发行后，一位久未谋面的老战友在北京图书大厦汪洋书海里竟看到了我的那本书，打电话问我："你工作那么忙从哪里找到时间写作，居然一写就是一本书？"我说："我用了我的业余时间，把别人休息、娱乐的时间用在了我喜欢的写作上。"他又问："何以有这样的兴趣？"我说："我觉得这样的写作是记录自己成长的最好方式，在艰苦的环境中坚持写作，寻找快乐的精神家园；在浮躁中坚持写作，沉淀心灵；在迷茫中坚持写作，点燃希望；在快乐中写作，放飞心情。如此生活，充实。"

三十载的精神成长

  三十年前的那个春节,应该是我记忆中最为清晰,也是最为难忘的。
  对祖祖辈辈生活在大山里的孩子来说,其实也只是一个与往年春节并无两样的节日,可以放爆竹,能够穿件新衣服,还能不受限制地吃上一顿红烧肉。但对于我,最大的快乐并不在此,而是过了这个春节我就到了年龄、可以名正言顺地上学读书了。家里大人因生计忙于劳作,我无人照看,提前一年被送进学校,说是读书,不如说是为我找了个不用大人们操心又很安全的地方罢了,那一年里我没有学籍,也不发书本,充其量也只能算旁听生,从严格意义上来说,我是我们村那时候唯一上过学前班的学生。听母亲说,吃过年夜饭我就长了一岁,也就可以正儿八经上学,所以那年的春节对于我来说,已不同于往年对春节的期盼,记忆特别深刻难忘,那是我朦胧中对知识的渴望,我想上学。
  背起书包走进学堂,对于我们这些大山深处的孩子来说,是新鲜而又无比兴奋的。从小玩惯了泥巴的手翻开散发着清新油墨香的书本,对一个懵懂无知的山里孩子的心灵究竟有多大、多深的影响，成年后的我不论如何去体会、去理解都无法清晰地回答自己，只是依旧深刻地记着那无法忘记的书中墨香，对书中墨香的眷恋也就成为我时至今日无法释怀的情愫。村里的学堂其实只有一间教室，一位老师，一至三年级的学生按年级排成三排，老师轮换着授课，一整天从那间破旧教室里传出来的都是琅琅的读书声。村里人说前些年学生们都有一个革命的名字叫红小兵，这些红小兵是半工半读，大多数时间是扛着红缨枪在村里巡逻站岗，少有这样的读书声。村里的大人们都说我们这茬儿孩子运气好，赶上了读书的好时候，他们说听到学堂里的读书声就觉得心里踏实、温暖。

进了学堂的我从书中知道了大山外面世界的广阔与丰富。那时放学后我常常爬上家门前的那个山头，循着绵延不绝山峦间那道壑口眺望着山外的世界，听姐姐说只要沿着这个山口一直往前走，就能走到县城，那里有高楼，那里有很大的学校，那里还有可以坐在屋子里看电影的电影院，那里有书如山堆一样的新华书店，那里还有摆着成排成排各类书籍的图书馆，那是我向往的地方，我想读书。

三十年前的那个山村教室，那位读书不多但特别敬业的代课老师，那琅琅的读书声，还有那座可以眺望外面世界的山头，都已刻印在心底，成为我终生难忘的记忆，在这喧嚣热闹的京城，常常禁不住想起，心中顿生无限的温暖。

二十年前的那个春节，我是在难耐的期盼中惶惶度过的。高考报考军校的失利让我从小就有的从军梦一时化为泡影，我便把希望寄托在冬天的征兵上，可没承想那年的冬天偏偏没有征兵。寒假里考上大学的高中同学从全国各大城市回到家乡与我们这些失意人相聚。他们从大学校园里带回来的不仅仅是都市的气息，让我震惊的是他们的自由化思潮，并且对我从军志向极力相劝。那个春节我郁闷、消沉、彷徨，封闭了自己而思想却在残酷地挣扎。春节过后上大学的同学纷纷回到高校，继续他们的思想自由解放了，而我坚定地在春季征兵中如愿走向军营。

十年前的那个春节，我调到了北京。本来是调到后勤部门工作，与在军校学习的专业对口，没想到报到时，恰巧碰到宣传处徐处长在，两位大处长就那么一合计，竟当场改变了我的岗位，我莫名其妙地留在了政治部的宣传处，依旧是从事部队思想政治教育工作，同时担任第二炮兵后勤部党委中心组理论学习秘书。当时后勤部政委是罗东进将军，他是罗荣桓元帅的儿子，对政治理论学习高度重视，每个季度的党委中心组学习是雷打不动的，无论是谁都别想在学习中开小差，请假更是绝无可能。

有一天，罗政委专门把我叫到办公室，跟我谈了两个多小时，这两个小时里，他大多是在讲历史，讲红军长征的故事，讲遵义会议的始末，更有许多我以前所不知晓的历史细节。最后，政委问我听出点什么味道没有，我那时还是有些懵懂，好似有些开窍，但思考并不深刻。罗政委又跟我联系当前的现实作了一番分析比较，经他这一引导，我觉得心里一下子豁然开朗起来。第二天，我又专门去了在北京展览馆举办的辉煌成就展，沿着历史行进的轨迹再次全时空思考，从历史到现实，从挫折到光明，从苦难到辉煌，再次引发深刻的思考。之后，执笔起草了约一万五千字的党课辅导材料，虽说文章还显稚嫩，但仍受到罗政委的褒奖，还被评为年度第二炮兵优秀理论文章。这对于刚从部队调入领导机关的我来说，更是莫大的鼓励，这种成长值得庆幸。

我在想，一路走来，在成长的征程上，我迈出的一步步脚印，当我回首时，我应该做的，不只是回首凝望，而且还有回望后的思考。路还在脚下，还在探索前行，我仍将执着向前，向前……

活出大树的样子

小时候生活在乡下，日子很艰难，甚至连吃饭有时都成了难题，吃了上顿没下顿是常有的事。那样的苦日子早已成为过去，成为回忆。跟那般苦一同进入回忆的是母亲做人的教诲，她对我们的要求在一日复一日的日子里刻印在心田。人活一张脸，树活一张皮。这便是母亲最常说的一句话。母亲把人活得有脸看得比什么都重要。我理解母亲所讲的人活着的"活"，不是简单地喘着气活着，而是活的是一种境界，是一种对自己的要求，是一段经得住岁月时光考验的态度。

最近，乡友沈俊峰先生把他的新作《心脸》发给我，嘱我谈点感受。认真品读俊峰的文章，过往的一切似电影画面在脑海里翻腾，母亲当年常说的话又似在耳旁回响，这让我对人要怎么活有了更现实、更直抵心灵的理解。活着，就得堂堂正正地喘着气；活着，就得心无愧疚地表达心声。活着要对得住自己，那就要始终坚守自己的精神家园，为心中的自己真实而有尊严、有品位地活着，做最好的自己。俊峰在文中讲述的那个莫名的梦，我好似年少时也曾有过，心与脸的关系，也就在这不断的生长中作出属于自己的诠释，俊峰在这方面作了认真严肃的思考。

那年，父亲病逝，生活的重担一下子就落在了母亲的肩上，那样的艰难是可想而知的，更何况还有父亲治病欠下的一屁股债。生活的重压没有压垮坚强的母亲，艰难中母亲依然坚守着自己做人的操守，不求同情，不求施舍，不弃希望。按规定，父亲治病的钱是可以报销一部分的，但母亲没有向公家提一点要求，而是以加倍的劳作顶上了父亲走后家中劳动力的空缺。有人不解，劝母亲申请困难补助，但每次都被母亲婉言谢绝，她甘愿一个人艰难地、默默地承受。父亲在世时，为公家做事，常带客人来家里吃饭。那时家里穷，吃饭是困难的事，但母亲每次都想尽办法招待好客人，有时从后门悄悄地出去向邻居家借米借菜，面对客人也是一脸的客气和善。而这背后，一家人要更多地节衣缩食，过更紧巴巴的生活。听哥哥姐姐说，当时他们对此很是不理解。母亲开导他们说："这样做是为了顾及你父亲的脸面，在外为公家做事，不能没有一张群众看了踏实、安心的脸。为父亲长脸也就是为我们这个家长脸，为这吃点苦、吃点亏有什么想不通的呢？"母亲脸上的和善，也正是她内心的宽容与大度。

读俊峰的《心脸》，我不能不想起他那张有个性的脸。我与他是在一次乡友文友聚会上认识的，他的语言表达特色正好呼应了他那张脸，言为心声，心与脸通。大家称他书记，不是因为脸，应该是因为他的表达，他的文字表达里总是那么多正义与悲悯。他现在所做的，一如他以前所做的，从没忘记自己的责任，这责任并没有哪个组织要求于他，而是他自身源于内心的一种要求，无论在哪里，无论是一种什么样的生活环境、生活状态，他都要真实、真诚地表达自己的思想，为两个经受生活打击、生活在底层的老百姓叫屈发声，这是他自然而然的生活态度，这与他近期出版的散文集《在城里放羊》所表达的情怀一样，让人心生温暖，倘若没有这样的情怀，整日里苟且地活着，没有担当，没有自我要求，纵是光鲜亮丽地活着，脸蛋再悦人，那也不能真正活出个人样。就是因为这样的情怀，俊峰的文章总是给人一种起于心底的力量，无论是他对少年家乡生活的回忆，还是他走进都市对社会的思考，还是他当下又归于乡里的宁静，他都努力地让自己活得光亮，一如他心底的思考。他童年记忆中的那棵高大的白杨树，曾经给过他绿荫的庇护，多少年后，他依然要为那棵树的死去写下自己的感怀，继而希望自己也能变成一棵树，以挺拔的树干傲立于大地，以葱绿的树冠承接阳光，在风雨中经受生活磨炼，在坚守中成为路标，纵是将来燃烧也将奉献出一团火红的温暖与光亮。

这对于我们来说，是很有启迪意义的。少年时，读书读到"天下兴亡，匹夫有责"时，内心总是会升腾起一种激情担当。诚然，我们都是平凡的社会人，但平凡的是我们的角色，肩上的责任不会因为角色的平凡而减轻、消失。大树有大树的责任，小草亦当有小草的情怀，无论大树还是小草，无不承载着阳光雨露的滋润关怀。回报阳光，不只是大树的责任，小草亦有自己的贡献。在这其中，大树所担当的当是大责任，奉献的当是大奉献。之于社会上的人，努力向上发展，担当更大的责任，是奋斗者的情怀，活出个样子，是执着者的追求。读俊峰的《心脸》，读他的文字，其实是在思考一份责任，如小草的执着，如大树的刚强，最后的力量也是用来燃烧，进而发热、发光。

好久没有见俊峰了，他的那张很有特点、很耐看的脸我清晰地记在了心里，如同读他的文章，我一样是记在了心间。

红颜知己

人匆匆忙忙地来到这个陌生的世界，在成长中都或多或少、或深或浅地交上一些朋友，朋友是每个人生活中不可或缺的。朋友有同性朋友，也有异性朋友。同性朋友是朋友类群中最普遍的一种，互相之间大都有很自然、很正常、能被大多数人认同的称呼，如哥们、爷们、兄弟、姐妹、姐们等，透着一份亲切，却又不让人有什么别的不适，不让人有更多的联想。但对于异性朋友来说，情形就不一样了，这几年还稍许好了些，前些年很少有人敢提异性朋友这个词，大家对异性朋友的界定除了恋人、夫妻之外，就很少能明确地说出第三种群体，就连同事这个概念也严格界定在同一个单位工作这个区域内，很少有人会冒失地把异性同事称作朋友。哪怕是关系不错，志趣相投，也不轻易说是朋友，更不会说是知己了，所以，在我们周围，你很少会听到有人说"红颜知己"这个词，更不会有一个男人在大庭广众之下公然称一个不是自己妻子、不是自己恋人的女人为"红颜知己"，要是有人说了，那一定会引起哗然与侧目……因为在世俗的目光里，在常人的理解中，"红颜知己"是一个有着某种特定含义的暧昧称呼，同"青梅竹马""两小无猜"一样，用在一对男女之间，必须特别谨慎准确，不可随便用。

但我却在一次朋友、同事聚会的宴席中，公然指着席间一女子向人介绍说这是我的红颜知己，且那女子的丈夫就坐在身旁，我的妻子也坐在席间，大家却并没有什么惊讶，更没有哗然和侧目，大家听得自然，反应也平静。

为什么？倒是我和我的红颜知己对大伙儿的平淡反应有些愕然。殊不知我是做出诸多复杂的心理准备、鼓足十二分的勇气才说出来的，当时已做好了被口诛笔伐的准备，没承想大家竟如此淡然，这倒让我有些心悸。

我与被我称作红颜知己的立是大学同学，已有十多年的友情，加上又是乡友，多年相知成默契，两人心净如水，在各自的心灵深处都互存深深的记忆。与立初识是十二年前的一个初秋，我是从部队考入军校的，立是从高中毕业考入的，不在一个系，但都住在一幢楼上，立住三楼，我住一楼。立所在的队每天出操、上课、吃饭前集合站队都在我们宿舍前，立是队伍里很清纯、很有文化、很让人心悦的那种女孩。那时，我尚不知立是我的乡友，直到立成了全楼三个系七八个队几百号男学员特别关注的女生，我才知道立原来是我正经八百的乡友。这平添了许多让我认识立、走近立的勇气，也多了让我与立相识的机会与理由，同时也有了男女学员接触的掩护和借口。

到学院一个多月后的一个傍晚，我怀揣在陕北深山沟里花了两年多的时间写的一本自印小诗集去见立。立依旧像个农家女孩那样质朴（其实立是大校军官的女儿，从小应该是生活优渥的），一脸的微笑，一脸的真诚。一听我是江南乡人，一口的普通话就变成了老家的土语方言，是那种很好听的黄梅调，那是我在陕北几年里想听但一直没有听到的一种乡音，没想到在武汉听到了，顿感亲切。立很真诚地为我的自印诗集画了插图，立画得很投入，画与诗的内涵意境很吻合，直观形象地揭示出诗的韵味，让我心生感动。立与我是在两种不同的生活环境中长大的，在将门大院里长大的她对贫瘠乡村生活的体悟竟是那般细腻，对平民阶层的人竟是那般真诚，这是难能可贵的。

立内心善良，她曾在自己微薄的工资里，甚至是学生时那不多的津贴里省出钱，资助贫困失学的孩子重返校园。她曾在严冬腊月的都市天桥上遇到两位行乞的孩子，悲悯之心顿生，领着孩子到商场为他们一人买了一身衣服，然后带他们到麦当劳饱餐了一顿。立常遗憾地对我说，她现在力不从心，救一人一时不能救众人长久，她立志要办一所福利性质的学校，让更多需要帮助的孩子得到帮助。

思想上的交融是我与立成为知己的基础。那年暑期我到陕北老区徒步考察希望工程，立给予我极大的精神支撑。她在给我的一封信中用了"相濡以沫"这个词来形容我们之间思想上的相互依存。大学毕业分配，到了西南大山深处的我收到立的安慰与鼓励，她再次用了"相濡以沫"这个词，并附了解释：两条鱼在干涸的河床上，相互用唾沫支撑着生命。立说那是一种美，是一种虽然残酷但真的很美的意境。我在这种意境中找到了支撑自己前行的力量，那是思想、信念上的支撑力量。

后来，我与立相继从外地调入北京。虽同住一城，但却极少见面。这个极少绝不是谁有意识去制造的，因为心灵的相通淡化了见面的企求。我们可能会很长时间没有电话联系，我们会常常不知道对方是在京城还是身处异地他乡。有时候，突然来了情趣，拿起电话就拨，通了才知道对方在几千里之外的异域，也不问去做什么了，什么时候去的，什么时候回来，有的只是问一声："你在他乡还好吗"？说完了要说的话，没有啰唆，更没有缠绵，一声"再见"就挂了电话，等下一次再如此重复。

两人也谈情感，有时候是淡淡地评说这世间的红尘，有时候也说自己内心的痛苦与喜悦，就像讲一个故事一样，完完全全、绘声绘色地讲出来。讲的人很投入，很认真，听的人也很投入，也很认真，讲完了，想说什么就说什么，不会有什么顾虑，不会担心说得不合适会引起什么误会，因为两人之间在男女情感上绝对理性，能一生一世相濡以沫，但决不会一时冲动逾越雷池，正是这种理性才使彼此之间不论什么时候都能坦然相对，互相尊重对方也同时尊重自己，尊重彼此在多年里结下的情谊。

　　能成红颜知己，两人家庭的接触必不可少，那是一种外在的，同时也是内在的平衡。我家与立家是相互开放的，那是一种平和亲情的接触。当年我妻子来京探亲，回家的时候已有身孕，立到站台相送，女人之间的殷殷关切，让妻心里温暖，让我有一种幸福溢满心间。母亲和妻子带刚满三个月的儿子来京，立去站台接我年近七旬的老母亲，双手搀扶，与只听得懂土语方言的母亲讲土语方言。亲吻幼儿，眼里溢满亲情。与妻窃耳交谈，似久别的姐妹。如此的知己，我想今生今世只有唯一。人生得一知己足矣，何况如此的红颜！

　　我曾戏言，岁月洗红颜，多少春秋之后，立的红颜散尽，如雪的白发让多少往事成烟。我，一个蹒跚老头，能在何处搜寻岁月的精华，在记忆里，还是在那白发中……

　　心静如水，面对红颜知己。现在如此，老了也应如此，这是上苍给我的恩赐！

山毛竹，红花草

认识木子，是因为读了木子那篇写红花草的散文。木子之所以给一个素昧平生的男孩回信，是因为那男孩在信中回忆了关于山毛竹的童年生活……

于是，一个儿时靠采红花草挣钱买纸笔的女孩与儿时靠拾山毛竹竹梢卖钱换铅笔、换抄字本的男孩因为红花草、山毛竹成了从未谋面的挚友。

那采红花草的女孩就是木子，木子是笔名，是"李"字一拆而成的，木子的名字叫李晓平。那拾山毛竹的男孩就是我，一个大山里长大的孩子。

木子的文笔极好，字里行间透着一种质朴的美。我深信"文如其人"，虽无缘与木子相识，但我坚信木子一定是个质朴、纯洁、真诚的女孩，一定有一张美丽的脸，灵气、秀气应该是木子不能少的。木子那篇写红花草的散文的名字我已记不清了，好像就叫红花草，或许不是。但我记住了为了能有一支铅笔、一本抄字本，放学后挎着竹篮在田里采红花草以一筐五分钱卖给生产队以买笔买本的木子。木子的文章写得很感人，把农村孩子生活的艰辛与求知的渴望生动地呈现在读者面前，深深地触动了我，唤醒了我对儿时艰难生活的回忆。

我小时候，家境十分贫寒。母亲一个人拉扯着我们五个尚未成年的孩子，在那个年月里，能活下来不饿死已是十分不易，哪里还有钱读书。母亲为了让我们能读上书，千方百计地挣钱。其中带着我们到深山老林里拾别人伐竹丢下的竹梢，便是其中一项。拾竹梢一般要在冬日里，母亲还特别安排在大雪纷飞的日子带我们进山。走在大雪封住的山路上，深一脚浅一脚，一不留神，就一脚踩空，滚到山沟里，被雪埋得没头没影。加上当时连一件像样的棉衣都没有，冻得牙齿上下直打架。我当时从心底对母亲的这种安排犯嘀咕，为什么非得要在这么冷的雪天出来？我问了几次，母亲都没说什么，只是说拾到了毛竹梢，扛到镇上，一根可以换一支铅笔，粗一点儿的、长一点儿的，说不定还可以多买二分钱一块的橡皮呢！

或许是因为铅笔、橡皮对我的诱惑力太大，就是有时母亲因为我小，怕我吃不了那苦叫我留在家里看门守户不要去，我也一定要争着去，拼尽吃奶的力气，也要扛回两三根被冰块包住了的竹梢。进山难，出山更难，肩上扛着竹梢，不小心碰到了树头的积雪，呼啦啦地洒落一大片，冰冷的雪块砸进脖子里，那种滋味和感受可想而知。冻得红肿的手抓着竹梢上的冰块，冷得心底直透寒气。就这样一边因为纸和笔的诱惑而不得不咬紧牙关在冰天雪地里捡着竹梢，一边又在心底抱怨着母亲。直到后来发生的一次"偷竹"事件，我才明白了母亲安排大雪天进山的原因。那是一个冬天，一天清晨，母亲带着我们进山捡竹梢。当时天上还下着大雪，正当我想着这根竹梢可以换来笔、纸而暗自高兴的时候，母亲正巧过来，发现我砍了竹梢——厚厚的雪把竹梢埋得无影无踪，找了好半天，我一根也没找到，情急之下，把一棵被大雪压断了的毛竹的竹梢砍了下来。母亲又气又急，当即丢下好不容易才拾到的几根竹梢赶紧下山，把我砍断的那根毛竹送到了队里。当天晚上，队上的大人小孩都被叫到了队部，对我"偷伐"集体毛竹的行为进行了批判。会上队长说陈家"偷"集体的竹梢，本该罚工分，但同情我们一家孤儿寡母过日子不容易，同时念我父亲是抗美援朝的老革命，回乡后为村里做了不少好事，决定不罚我们，但举手一致通过一项决议，对我一家上山"偷"竹梢提出了警告，下不为例。会上母亲的头一直是低着的。我想她一定是为我不光彩的行为感到羞愧，为一家人因生活所迫上山拾集体的竹梢感到惭愧不安。我怎么也想不通，我没有一丝母亲那样的羞愧和不安。压倒的竹子为什么不能砍？遗弃山野的竹梢，为什么不能捡？变废为宝又有何错？那个年月，我一个小毛孩，怎能理解世上还有如此不可思议的事呢，就是理解了，又能说什么呢？我有的只有一份不满，最多还有一份无奈。

  少年时的艰难生活，在以后好长一段的日子里，我连回忆的勇气都没有，我常常竭力控制着自己不去想这些隐隐作痛的往事。但木子的红花草却让我难以自抑，关于儿时艰辛生活的回忆一幕幕鲜活地展现在眼前，是那样清晰，清晰得似乎现在还置身其中。之后的日子里，我不再让这些记忆深藏心底，常常把这些作为与友人交谈的话题，尽情地回味着艰辛，似乎一次次地把握着生命跳动的脉搏，感悟生命的真诚与深重，一种责任感常常因此而凸显出来，使我面对现实生活，不敢有一丝懈怠，我觉得唯有奉献出自己所有的真诚与努力，才能坦然面对童年，面对回忆，面对生命的过程。

  或许是往事的重现触动了心灵，我深深地记住了红花草，记住了木子，是木子的红花草让我如此真诚地直面艰辛。

  感谢你，红花草。

  感谢你，我真诚的友人！

神石

老家房子前有一块黑黑的大石头,村里人都恭称为神石。

神石究竟是不是神石,少不更事的我是不太理会的,但因为神石挨了母亲的打我是记着的。回故乡的路上,我跟女友神侃起故乡的神石,讲小时候因为爬神石而挨打的岁月往事,弄得女友一进家门,就拉着我要去看那块黑石头。

母亲说,用不着去看啦,那神石三年前就没了,村东头的虎子放了几大炮,把神石炸成碎石块,垒大楼房了……

听了母亲的话,我不禁愕然,怎么神石被炸了?那可是小时候我连爬都不能爬,爬一次母亲便要狠狠打一顿,被全村人奉作"神明"的神石啊!村里老年人说这块看起来跟别的石头没什么两样的石头是块神石,传说是雷公爷爷当年一锤子从月亮上劈下来的,人是踩不得的。村里人对这块石头迷信得很,不管谁家什么人有个病呀灾呀的,都要到那神石前摆个香案,烧上几炷香拜上几拜,求神石保佑。还传说某年某月,村里有个青年人不信，踩了那神石一脚，第二天就在筑路的工地上被一块碎石砸死，村里人说是神石显灵。小时候，我应该算是个听话的孩子，特别是母亲的话，是绝对听的，但不知为什么总记不住母亲不要戏神石的再三嘱咐，好几次背着母亲爬上神石晒太阳，母亲知道后，吓得不知如何是好，一顿狠打自然是逃脱不了的，一连几天母亲都要跪在神石前不停祷告："神啊，小孩子不懂事，冒犯了您，莫要怪他……"我不但不跪，站在一旁，还窃窃发笑。村里人纷传，陈家那小子胆子太大，敢跟神石作对，真是吃了豹子胆，胆大包天，不知天高地厚，长大了不会有出息……

长大了，我忙于学业，加上懂事了，也不忍心让母亲因为我生气伤身，没再去爬那神石，也少了那份"叛逆"的胆量，没料到小时候一块玩大的虎子竟有那么大的胆，竟然敢炸神石！虎子小时候是连摸一下神石的胆量都没有的……

我对母亲的话将信将疑，说："那怎么可能呢？"母亲说："亏你还是个在外面做事的人，怎么还那么死脑筋，现在都什么时代了，别说地上的神石有人敢炸，要是能到月亮上去，月亮上的石头也敢炸，你说还有什么不可能的？不信你去找虎子问问！"

我极好奇地赶到虎子家，一幢极漂亮的小洋楼叫我实在有点不相信这就是当初穷得叮当响、三间茅屋便是家的虎子家，要不是虎子闻声乐呵呵地从屋里跑来，我真的不敢去敲门！

儿时伙伴相聚自然少不了一阵亲热寒暄。当我问起虎子炸神石的事时，虎子的劲头更大了，兴奋地说："那时，村里分荒地，哪家都不愿要那有神石的地，一嫌地荒，二怕那神石。最后只好抓阄，不巧被我抓上。我本来就不信那石头是什么神石，当初你不是常爬吗？大家都说你长大了没有出息，现在怎么样？考上了大学，做了城里人，比村里谁都有出息。就冲这点，神石就是徒有虚名。我不管村里人多么反对，买来几包炸药炸了石头,没料到那一炸竟炸出了一口井!你知道水在我们村里有多珍贵。我用那石块垒了一排猪舍,砌了一个鳖池,养起了猪和鳖,没想到就这样兴旺起来,这几年年景好,一年挣个七八万没问题,是那神石帮了我哟!"虎子说得手舞足蹈,好不得意。

神石的的确确被那"天不怕地不怕"的虎子炸了,他非但没有因此而交上噩运,反而炸出了一片崭新的天地!

女友笑着打趣我说:"看来你小时候爬神石算是爬对了,要不然怎么能有今天这样出息呢?"母亲一听,乐了,笑着说:"看来当初那么心诚地求神祷告真是多此一举,打你也是冤枉了你。"

听了母亲和女友的话,我忽然间有了一个感触:神石毕竟是神石,碎了却给了人们一种启示……

迟到的顿悟

风是越刮越紧,雪是越下越大,冬天的小城早已沉入梦乡,白天拥挤不堪的街道变得异常空旷、寂静……偶尔有几个晚归者,也是急匆匆地只顾赶路。孟军似乎没注意到这些,只顾低着头走自己的路,任凭雪花纷纷扬扬地落进脖子里……

"这鬼天气,早不下,晚不下,偏偏这阵子下起这么大的雪,真是烦死人!要不就下个够,把这些坑坑洼洼都填平……"孟军抖了抖积在衣服上的雪,嘟囔着。

"都怪老妈,说什么跟姑娘约会要穿西装,不要老是穿那件军大衣。说现在军大衣不像以前那样神气了,现如今的姑娘小姐看不上眼了。军大衣咋啦,冬天在大北方穿着站夜岗都不觉得冷,那才叫硬气呢!今晚我可是精心准备了,听了老妈你的话,没再穿那军大衣,换了身西装,扎了领带,冷了一晚上,人家姑娘还不是拜拜了。谈了三个,黄了三个,这能怪我吗?人家别的都满意,可一听部队驻在大山沟,一年只能探一次家就什么也不说了，站起来就要走。其实这也不能怪人家姑娘，现在谁愿跟你受那份洋罪？可这到底怪谁呢？那兵总得有人去当，那山沟沟总得有人去钻，那边防哨所总得有人去守呀！总不能为了媳妇而当逃兵吧？要是都不当兵了，我看你们这些姑娘小姐还能这么快活？嘿！别管它，大不了打一辈子光棍。这亲我不相了，媳妇不讨了，明天一早就回部队，还是在部队和弟兄们在一起心里踏实。"孟军边走边念叨，冷不防打了一个寒战。抬腕一看表，哟！都凌晨一点多了，这下可真糟了！小院的大门早就关上了，这么晚找谁开门呢？门开不了，进不了家，城里又没有什么熟人，去哪儿熬过这一宿呢？看来又要像当年当新兵时一样，站上一夜的哨了，这可是在家呀，总不能守着家门熬夜吧？何况这么大的风雪！又穿着这身好看不中用的西服，没穿那件厚厚暖暖的军大衣。

那找谁起来开门呢？叫北屋的二狗？二狗可是孟军的铁哥们呀，从小光着屁股一起长大，那年是一起穿的军装，一个车皮拉到大西北，在一个团当兵，后来孟军提干留在了部队，二狗当了三年兵复员回了家。这几年做起了生意，发了一大笔财，听说不下十几万元。以前孟军一回家，二狗没日没夜地陪着，孟军走哪儿，二狗都跟着。孟军不让，二狗就开玩笑，说你当了官了，我当个通信员还嫌弃？俩人比亲兄弟还要亲。可这次探家都快半个月了，二狗倒是来看了几次，每次都是急匆匆的，没有好好地聚一聚，二狗没日没夜忙着他的生意，每次一见面就直说一个忙字。孟军觉得二狗变了，再也不是当初闲得没事干整天跟在自己屁股后面的人了。说不准明天一早人家还要赶早市呢！这么晚了，怎么能打扰人家？

叫南屋的周洁？周洁是孟军的高中同学，读高二时俩人还悄悄地好过一阵子呢！当初孟军参军，周洁考上了一所名牌大学，毕业后又考上研究生，现在已是一家研究所的高级工程师，听说前不久"下海"走了一趟，捞了一大笔，那数目据说有孟军三年的工资那么多。读大学时，周洁常给孟军写信，鼓励他在部队好好干，可孟军老是觉得不对劲，很少回信，渐渐地俩人就凉了下来。这次回家休假，虽也跟她打过几次照面，可每次她都是急匆匆的。说不准人家现在正在忙着她的研究呢，怎么能惊扰人家，更何况……

叫住在院门边的孙奶奶？孙奶奶可是整个院子里最疼爱孟军的，孟军每次探家，第一个赶来的准是孙奶奶，那亲热劲儿就甭提了，再说孙奶奶那小孙子，只要孟军一回家，整天缠着孟军讲故事，孟叔叔长，孟叔叔短地叫得特别亲热，这次探亲倒是这小家伙一如既往整天陪着孟军，想甩也甩不掉。可孙奶奶那么大年纪了，儿子、儿媳都去深圳工作了，整天忙家务那么累，深更半夜的，怎好打扰她老人家呢？

叫老妈？临走时，孟军叫老妈过了夜里十一点就不要等他回来了，再说老妈这些日子为自己的婚事忙得够呛，现在准是睡熟了，说不准正做梦梦见儿子娶了一个漂亮贤惠的媳妇，添了一个白胖白胖的孙子呢！孟军妈盼媳妇、盼孙子真是盼苦了，看着院子里比孟军还小的小伙子一个个成了家，就是不见儿子有动静，把老人急得四处托三姑四婆为儿子物色对象，可就是谈一个黄一个……

"不要打断老妈的好梦吧！"孟军苦笑着抖了抖身上越来越厚的雪……

孟军把小院的人一个个地想了个遍，怎么也找不到合适的。望着寂静的小院，竟觉得这个小院一下子变得陌生起来。

"好吧，熬上一夜吧，就当站了一夜的岗，明天一早就归队！"孟军打定了主意。

不知过了多少时辰，小院里传来公鸡的报晓声，孟军真的有些困了，便往小院的门槛上一坐，背顺势一靠小院的门，"吱呀"一声，门原来没有关……

解读苦难

母亲的命很苦。九岁丧母，三十六岁丧夫守寡，年届半百又痛失爱子。对一个女人来说，人世间最大的灾难，最残酷、最大的厄运也莫过于此，而这些都一个不少地落在了母亲的头上。从懂事的时候开始，我就觉得母亲是天底下最苦的母亲，我常常因此痛恨上苍的不公，诅咒人世间的不平……

母亲面对如此之多、如此之残酷的厄运和苦难，却极其坦然。"人的命，天注定，天生就是这么命苦，认吧。好歹还有几个孩子，不能自个儿没了精神，几个孩子还靠我呢。"这是母亲一次跟邻居家大婶聊天时说的，当时我还小，但我却深深地记下了母亲的话和母亲那一刻的神情……

"总有一天会好的，日子总会一天比一天好的。"这是家里每每遭遇厄运，全家被一种绝望情绪笼罩着的时候，母亲常常说的一句话。说话的时候，母亲是那样刚强，似乎从她嘴里说出的每一个字都透着一种永远打不倒、压不垮的坚毅，那正是母亲的性格。

我命苦如黄连的母亲就这样面对着生活，面对着生活一次次打击……

苦难中的母亲直面苦难，坚强地活着……

有哲人说，"苦难是人生的最大财富"，这无疑是一句极富哲理的醒世名言。但真正能理解这句话，并勇敢地面对苦难，接受苦难，在与苦难的斗争中昂起头颅、挺直腰杆的人并不多。生活中的人大都乐于过一种衣食无忧、平和安逸的生活，这无可厚非。追求生活的幸福是人最基本的，也是最高的追求。正如母亲，她之所以能如此坚强地面对苦难，与苦难的生活不屈抗争，支撑她的是什么？是源于内心深处对美好幸福生活的向往和追求，希望在前，幸福在前，那是引导母亲顽强活着的一盏心中明灯，这明灯不是虚无缥缈的，而是真实的存在，正如母亲跟邻居大婶说的"好歹还有几个孩子"，孩子就是生活赐给母亲唯一的希望与依靠。

父亲早早地离开了我们，母亲和我们相依为命。那时候，在我们那个小山村，让孩子不饿死对每一个家庭来说都是一件很不容易的事，更何况像我们这样的家庭，但坚强的母亲没日没夜地劳作，不仅没让我们饿肚子，而且让我们每个孩子都能上学读书。我记得我小时候每到吃饭的时候，母亲就抽身到地里干活儿去了，刚开始，我们没多想什么，但时间长了才知道原来母亲是把那仅有的一点饭留给了我们，而自己则背着我们靠杂粮和野菜充饥。我们上学的学杂费是靠母亲起早贪黑挖山药一分一分地攒的。我们心疼母亲的艰难，都不去上学，想在家里替母亲干点儿活。但母亲坚决不肯，母亲说："我守寡受累，不就是为了你们这几个儿女，不上学长大了有什么出息，没出息，我受这些苦又有什么意思？"

大哥不幸夭折，对母亲的打击实在是太大了，几乎是致命的，母亲痛不欲生。但忍着老来丧子巨痛的母亲再一次坚强地面对生活。母亲说：

"我不能就这样伤心落泪，为了我的平儿，我要好好地活着，平儿是我活下去的希望……"为了尚未成年的我，母亲把伤痛藏在了心底，依旧没日没夜地劳作，供我读完高中，送我参军上大学。

在镇江有座金山寺，听人说，金山寺的佛很灵验，有求必应，四面八方的善男信女都来敬香许愿。寺庙内有一块大匾，匾上写着五个半尺见方的大字——"渡一切苦厄"，意思是佛的追求是要把天底下受苦受难的人的厄运渡尽，把苦难中的人渡到天界享受天堂里的幸福。我想那些千里迢迢、跋山涉水、不辞辛苦也要进寺的人，大都是想求借佛的力量超脱苦难，期望能过上幸福的日子。寺庙内香火很盛，有很多还愿的人，除了焚香祭拜之外，还把大把大把的钱给了寺内的僧侣，然后在功德簿上留下了自己的名字，这些信徒，他们把摆脱苦难的希望寄托给了佛。佛法无边，"佛"慈心发现，渡一切苦厄，自然也就渡你上天。

我到过大江南北许许多多的庙宇古刹，我发现大凡是寺庙，都有测八字和看手相的。这样的地方，也大都人多，信的人不少。在测字、看手相人的眼里，你的命是天定的，你这一辈子，日子过得舒心不舒心，要历经多少多少磨难，是命中定下的事，无论你如何抗争，磨难都是绕不过的一道坎，你只能心服口服地服从命运的安排，历尽艰难。经历诸多次艰辛磨难之后，或许能在有生之年苦尽甘来，过上幸福的好日子。先苦后甜，是人们对生活的期望，是一种追求，是一种幸福，是一种满足，这印证了"苦难是人生财富"的格言。但也有在有生之年没能把苦日子熬到尽头就命归黄泉的，那叫"苦一辈子，连死也没落得个好死"，那就叫"苦海无涯"了，于是佛说：渡一切苦厄。

佛说的"渡"是"超度"的意思，是让人把希望寄托在来生来世，佛说的修身是修来世之身，从这一点看，佛认为人此生此世的希望是缥缈的，是不可把握的。算命先生、测字先生同"佛"心一样，认为人的命运先天注定，否定人抗争命运的能动性，劝导人心甘情愿地接受命的安排，做命运的俘虏。

母亲是信命的。没读过书的母亲相信"人的命，天注定"。母亲也常常找盲人算命先生给我们算命，但母亲从来不给自己算，我曾问过母亲为什么，母亲淡淡地说："我这样的命，还要算吗？你们的命好，妈的后半辈子的命就好，只要你们的日子过得好，妈就知足了……"

我感叹母亲面对苦难的人生态度，她信命，但她从不抱怨命运，不抱怨就不会在遭遇苦难和厄运的时候怨天尤人，更不会屈服于命运。即便是漫漫长夜，也能在黑暗中看到一线光明，找寻到一盏引导前行的灯，那便是上下求索的信念！在母亲眼里，孩子就是前行的明灯，孩子的成长就是那一线光明，就是生活下去的信念。

我曾经读过一篇文章，文中说有一个生活相当窘迫，靠卖花度日的老太太，老人穿得相当破旧，身体看上去相当虚弱，但老人脸上充满喜悦。有人问老人："你看起来很高兴。"老人说："为什么不呢？耶稣在星期五被钉死在十字架上的时候，是世界上最糟糕的一天，可三天后就是复活节。所以，当我遇到不幸时，就会等待三天，然后一切都恢复正常了。"

"等待三天！"无论你碰到什么不幸和烦恼，你只要有这样的心境，一切都会过去的，一切都会好起来的。

我想母亲也是如此解读苦难的。

渴望轻松

　　泡上一杯香茗，点一支香烟，在一间飘着书香的房间里或坐或卧，捧读一本书，轻轻松松地品味着屋内的温馨，享受着窗外的阳光，或者享受淅淅沥沥的雨景，或者享受月色星光，这是我一直渴望的，渴望能享受这样轻轻松松的生活。

　　那是一种轻松的生活、悠闲的生活，没有压力，没有心忧愁苦，活得有滋有味……

　　我想活在如此快节奏时代的人都应该有这样的渴望与期盼，疲倦的心灵需要静静地休息，生活中我虔诚地渴望自己能如此轻松地过着日子。但这对于我来说，只是一种奢望，我始终找不到这样一种轻松，也从来没有让自己真正地轻松起来。过去的我背负着生活的担子，一步一步地朝着生命延伸的方向前行，在身后留下一行渐行渐远、深深浅浅的脚印。不管是顺境，还是逆境，都是如此不轻松地过着日子，过着有时平淡有时激昂的日子。平淡或者激昂的生活没有给自己留下心静的空间，我寻不到属于自己的那些闲情，那点轻松。

其实，当一个人独步前行，生活给人赋予了许多新的责任：为人子，要从父母背弓的肩上接下家的担子；为人夫，要为她营造一个安乐的小屋；为人父，要勤恳工作，彬彬为人。你是家的顶梁柱，你是儿子心中的强者，你做她们的依靠，你做他的榜样，什么时候都必须站直，必须昂首挺胸，你不能流泪，甚至你不能叹息，即便心中百般辛苦、万般心酸，你也得脸上刻印着刚毅，语言中透着永远压不垮的坚强，因为你有责任、有义务这么刚毅地活着，谁叫你是人之子、人之夫、人之父？

许许多多为人之子、为人之夫、为人之父的男人都是如此刚强地活着，活的是一种精神……

我曾无数次为一幅印在心中的生动画面感叹不已，并不是因为画面有什么特别，而是那生动的场景留给我极为深刻的印象。其实那是生活中司空见惯的，一个男人，蹬着一辆不新不旧的自行车，前面的小座椅上坐着孩子，那是一个在父亲双臂的环抱中悠然自得、幸福无比的孩子；自行车的后座上坐着男人的娇妻，妻子的双臂搭在了正在蹬车前行的男人腰间，神态悠然自得，在她心中，或许正荡漾着温情，她正享受着生活的幸福；夹在娇妻爱子中间的男人蹬着车向着目的地前行。我没有蹬车男人的亲身感受，但我从他的脸上读出那不是一件悠闲轻松的事，那是需要付出艰辛、付出汗水的劳累之事。我挺佩服当初制造自行车的人，他把行走的劳累交给了两个圆圆的车轮，换来人们前行的轻松与快乐。但我又惊叹后来的人，他们把自行车的功能空前地发挥，分成了诸多标准，有加重型的，有轻便型的，还有休闲类的单车。加重型的车自然是专为男人造的，因为他们不仅要驮孩子，还要驮妻子，驮着这一家的责任，而那些不需负责驮其他人的人就可以轻轻松松地骑上轻型的，或者是休闲的单车，享受前行的轻松与快乐，那是一种舒情的欢乐，那是一路风光、一路歌唱的舒展……自行车又名单车，照这个说法，自行车不应该被赋予载重的功能，之所以有如此功能，是生活赋予男人的，那是男人的负重，负重前行……负重是艰辛的，负重是承担责任的前行，是汗水伴随的前行。轻松是快乐的，轻松地承受幸福的生命之歌，那是一首悠扬的生命之歌。

渴望轻松，并不是放弃承担责任，放弃责任追求轻松，那是懦夫的行为。渴望轻松，是一个心灵的追求，是社会给予现代好男人太多的冷峻压力后男人的呐喊：女人喘不过气的时候，可以无所顾忌地大哭一场，可以依偎在男人的怀里寻求抚爱，而男人呢，心灵之门上永远是一把锈死的锁……男儿有泪不轻弹，男人的泪水总得有个流的地方，只好往心里咽；男人在世俗的眼光里，始终应该是刚毅的载体，没有自己放松自己的自由，没有轻松的空间，有的只是永不停息的坚强前行，背负着责任，永远也卸不去的责任……

渴望轻松，是坚强的，没有眼泪的男人在找寻着一份让心灵小憩的空间……

墓地

又是一个万物复苏的春季,又是一个细雨蒙蒙的清明时节,又是一群又一群的人带着哀思走向墓地,凭吊先人,还有更多的人,因为远离故土,只能面朝故乡的方向,遥遥地祈祷,遥遥地寄托哀思……每年这个季节,在这样的雨色里,我就情不自禁地想起长眠在异地的烈士,想起那一座座去过或者只是在电视上看过,没有去过,没有看到、听到过的座座坟墓……这样的日子里,谁在哀思他们?他们的坟前有人送去鲜花吗,有人去为他们的坟墓培土吗?

我想会有的。清明节到烈士陵园扫墓曾是我小时候一直神往的事。没上学的时候,我就非常羡慕上学的哥哥姐姐,特别是到了清明节,他们能穿上整洁的衣服,系上鲜红的红领巾,在老师的带领下,去烈士陵园为烈士扫墓。他们在那里听老人讲革命战斗故事,听先烈的英雄事迹,在那里宣誓,在那里加入少先队、共青团。而我只能在家里盼望着哥哥、姐姐从烈士陵园扫墓回来,然后缠着他们讲烈士英勇杀敌的故事,最多也只是饱饱耳福。尽管哥哥和姐姐讲的是同一个战斗故事,讲的内容也都大同小异,但我仍然爱听他们各讲各的,乘机多听几遍。

哥哥和姐姐讲的其实是同一个战斗故事。烈士陵园里埋着的是牺牲在那场激烈战斗中的四十七名烈士。皖南解放那年,百万大军渡过长江,乘胜追击溃逃的国民党残部,解放军一个营与国民党的一个溃败之旅在通往皖南山区的险要之地发生激战,战斗从黎明时分打响,一直打到第二天的黄昏,双方伤亡都不小。国民党军队乘夜色放弃抵抗,继续朝东逃窜,解放军乘胜追击。天亮后打扫战场的游击队在一个并不大的山口发现一百多具尸体,有解放军战士,也有国民党士兵,从现场看,这场战斗异常激烈。战死的四十七名解放军战士被埋在了村东头的山岗上,周围栽上了青松翠柏,后几经修缮,形成一个较大的陵园,一块高大的石碑上刻着毛主席那苍劲的"革命烈士永垂不朽"八个大字,碑的侧面记录了那场战斗的经过,背面没有字,留出了所有的空间。我第一次去扫墓的时候,就问给我们讲战斗故事的老大爷,为什么不在空出的背面刻上烈士的名字。老人没有回答我这个问题,但听完故事后,我发现自己问了一个不需回答的问题。烈士的鲜血染红这片土地,把宝贵的生命奉献给这片土地,却连名字都没有留下……我站在烈士墓碑前,沉默良久,我在想连名字都没有留下的人埋在了这异地他乡的山岗上,青松长年陪伴,直上九天云霄的英魂,能不能找寻到他们的故乡?能不能感受到故乡亲人的思念?每年的清明时节,四乡八寨的人都会会聚这里,系上一朵朵小白花,凭吊烈士的英灵,送上花圈,寄托后代的哀思。墓碑前队旗团旗飘扬,立于英雄碑前的孩子们胸前的红领巾在清风细雨中连成一道鲜红的飘带,那是一面面旗帜,一面面引人前行的旗帜。伫立在墓碑前的人们,都是在旗帜指引下前行的后继者……

烈士墓地左侧的一个小山岗上,也有一片墓地,埋着在那场战斗中战死的百余名国民党士兵。虽说百余人同穴一墓,但只是一个不大的土堆。听老人说，当初那个墓坑挖得很深，地面是平的，并没有什么标志。后来有一年清明节，有人在那个山岗上堆了一个小土包，就是这个小土包差点引来一场大祸。小土包一出现就被人告到了县里，在那个特殊的年代，这无疑是一件要上纲上线的事。当天，县上和公社就呼啦啦地来了一大帮人，说一定要查个水落石出，一定要揪出反革命分子，一定要再打一场歼灭战。一时间，全村上下人心惶惶。当天晚上，村里的一个孤寡老头突然上吊死了，这时候大家才恍然大悟，原来老人是那场战斗的幸存者，因伤掉了队，乡下人善良，看人受伤了，挺可怜的，就收留了下来，东家一点米西家一点菜地把这个伤兵养了起来，谁也没把他当敌人看。他这一死，大家才突然想起他是个伤兵，明白了那小土包并非人们所惊恐的那样具有反革命性，只不过是生者对昔日同伴的一种祭奠。这件本来要闹个天翻地覆的事，因老兵的突然死去而戛然而止，县上和公社上来的人对村支书说，买口棺材把人葬了，这事就算结了。从那以后，那个小土包也就没有人再问起。从此一左一右，一前一后两块墓地就成了村子里两道不同的风景，每年清明节，烈士陵园的周围花圈簇拥，墓前是一片鲜红的海洋，而离得不远的那座坟却死一般沉寂……

　　三年前，那座乱坟岗被从外地来的一位老人花钱修了一下，杂树乱草被砍了、拔了，四周种上了松柏，坟头也培上了新土，堆了一个不大不小的土包。这次，县上、镇上没再出面，既没制止，也没支持，只是后来县政协主席见了老人一面，对老人的作为没有表示异议，说这是人之常情，只要不张扬就可以了。老人本想立块碑，听政协主席这么一说，就不提立碑的事了。老人对村里的老人说："当初跟着这些死去的人一起当兵打仗，本不懂什么，只是想在队伍里混口饭吃，他们死在了这边，我跑到了岛的那边，人老归根，黄土埋到脖子上的人就想到死的事，他们战死埋在这里，我老死也能埋在大陆，也就瞑目了……"

　　从此之后，一左一右两块墓地，每年都有人培土修缮，只是清明节烈士陵园依旧有四乡八寨的孩子们抬着花圈、排着队前来凭吊先烈，而那座坟只是由村里的一位孤寡老人培土除草，那位老兵每年给点钱，孤寡老人靠这点钱过着日子。

同一场战斗，同样是战死，但后人对死去的人有着各自不同的怀念，两块墓地记下的都是被岁月冲洗的记忆，留下的是岁月刻印下的过往……

墓地，其实对生者来说，是生命终结的站点，死后埋在哪儿，其实并不重要，重要的是死后留给生者一个什么样的记忆和怀念……

墓地枯荣，岁岁交替……

话说重修雷峰塔

知道杭州城西湖畔历史上有座雷峰塔,是上中学时读了鲁迅先生写的《论雷峰塔的倒掉》和《再论雷峰塔的倒掉》。当时我还很单纯,总是自觉不自觉地把雷峰塔同雷锋这没有任何关联的塔和人联想到一起,对于雷峰塔的倒掉,既高兴,又有一点儿的莫名的惆怅……

高兴是因为先生高兴,先生说塔下压着白蛇娘娘,塔倒后,白蛇娘娘就翻身了,与许仙一起过上幸福日子。有情人终成眷属,自然该高兴。惋惜这是没有任何根据的,所以有一种说不出的感觉。

前不久再次途经杭州城,接待我们的孙先生说杭州正在重建雷峰塔,再过一年,倒了已经七十多年的雷峰塔又将重现西子湖畔,再现雷峰夕照美景,我不禁有些怅然。当年鲁迅先生说那时他唯一的希望,就是希望这雷峰塔倒掉。因为先生祖母告诉他,塔下压着可怜的白蛇娘娘,先生同情白蛇娘娘,憎恨把白蛇娘娘压在塔底的法海和尚。后来塔倒了,白蛇娘娘出来了,可法海和尚仍躲在蟹壳里,先生说他是活该。先生又说，倘在民康物阜的时候，因为十景病发作，新的雷峰塔也会再造吧。现在，七十多年过去了，先生的话果然应验了。倒了七十多年的雷峰塔又要重修了，我不知道重新修起来的雷峰塔下还会不会压着白蛇娘娘。我想是不会的。尽管重新修起的雷峰塔下没有压着什么，但我仍觉得有些不舒服，为什么？我其实也不是很清楚，或许只是一种感觉罢了……

其实雷峰塔只是一座普普通通的塔，倘若没有先生的两篇文章，纵然有那种奇闻传说，在各朝各代、各式各样的塔不计其数的中国，也是不会被多少人记起的。因为先生把雷峰塔的倒掉赋予了一种特殊的意义，雷峰塔的倒掉自然就是一件不一般的事了，既然当初倒掉不是常事，那现在重修也就有些思考了……

我只是一介平民，我不知道，现在为什么有人想起来要重修雷峰塔。是如先生七十多年前说的到了民康物阜的时候了，还是又害了什么十景病？我不知道现在诸如修塔之类的事是政府决定的，还是要报请人大，甚至会不会征求百姓们的意见？要是真的征求了百姓的意见，我想意见恐怕也不会是统一的。赞成重修一定有，反对重修的也一定不少，并且不管是修还是不修都会有自己的一套理由。当初雷峰塔之所以倒掉，据说是当地的人迷信雷峰塔的塔砖有镇邪之用，都想掘其一块，置于家中，祈求全家平安。正好那时候，军阀混战，一个国家都来不及保，谁还会去管一座塔。于是这也挖一块，那也挖一块，挖的人多了，塔自然而然也就塌了。看来，白蛇娘娘应该感谢这些偷砖的人，也该感谢那样的乱世。塔大多是盛世之物，天下太平，造塔成风，以塔纪念太平功德，决不会容许有人掘砖毁塔。可要是天下太平，那白蛇娘娘不就永无翻身之日了吗？

有人曾抱怨那些偷砖的人，说他们愚昧、短视，为了一块砖而毁了一座塔，我却不这么看。试想，那样的年月，兵荒马乱，百姓深受战乱之苦，民不聊生，他们靠什么保全自己？他们靠什么安慰自己的心灵？

没有，他们无所依靠，无所依靠的他们不得不把希望寄托在那一块砖上，祈求消灾除祸，保一家的平安。从这点来说，那些盗砖之人，难道不值得同情，不值得原谅吗？

我不知当年被人挖去的塔砖现在落在何方，我想大概不会再被人当作镇妖避害保平安的镇宅之物，或许会被当作古玩拿到外面卖钱。这次重修雷峰塔，不知有没有向民间征集旧日塔砖，倘若真的有这个想法，会有人把当年自己祖上偷着挖去的塔砖交出来吗？

其实，交砖也好，献砖也好，都是多余的。据说，这次重修雷峰塔，不再是用砖一层一层地往上垒，而是使用钢架结构，整座塔是被焊接在一起的。钢不同于砖，是偷挖不成的，更何况是焊在一起的一座塔，这就可以确保重新修起的塔不会再被人挖倒。这只是我的一点猜想吧。建塔的人大概不会像我有这么多想法，他们是不担心日后还会有人挖塔砖的。用钢铁建起来的雷峰塔不久将重现西子湖畔，西湖会因此而更加完美吗？

当年，雷峰塔倒了，先生是高兴的，先生说雷峰塔倒掉了，则普天之下的人民，其欣喜为何如？现今，倒掉的又将再建起来，不知当年得以自由的白娘子在天界作何感想？躲在蟹壳里的法海和尚呢？更不知先生要是还活着，还会不会再写一篇文章，说说自己的感想。白娘子和法海和尚想什么，是不可得知的，先生也去了，是不会再写什么文章的了。我是读了先生的书长大的，写点自己的看法，不知是对还是错，或者说无所谓对错，只是小人物说说没有声量的话罢了。

新的雷峰塔不久将重现西子湖畔，那是一座坚固的塔，不倒的塔。真的不会倒吗？也许只有后人才能知道。

雨色樱花

一日，同在京城却久未联系的大学学友立突然打来电话，说一同去武大看樱花吧。我一愣，京城尚是冬日，窗外满眼皆是冬色，何有樱花可看？电话那头的学友见我没应声，又说："像十年前一样，挑个雨天，看雨色樱花，要同十年前那次一样，邀上一帮性情相投、文风各异的友人同往，寻找十年前的那段难忘时光……"

放下电话，再想友人的话，我忽然想起友人说的原来是我们十年前那次看樱花时的约定，我们说好了，十年后再一同来武大，一同看雨中樱花……没想到，时光飞逝，转眼间十年光阴匆匆过去，我差点把当初的约定给忘了，倒是立记住了，并在樱花尚未开放的冬日提前安排了十年前的约定。

其实，我也如立一样，并没有真的忘记那次约定，十年前那次在武大看樱花的点点滴滴又涌入我被岁月碎片挤满了的心灵空间，让我再一次随着思绪走入那温馨的雨季，看那如诗如画却凝结着厚重历史的雨色樱花。

十年前那次看樱花，是我上大学的第二年春季。有一天，在武汉大学中文系读书的老乡敏来电话说，武大樱花开了，非常美，要是有空闲最好来武大一趟，赏赏樱花，叙叙旧。敏说行伍中人要是能抽出点时间看看花，会有另一番的感受，别人是体会不到的，那是一种触动心灵的感受。我当时并没有细想敏的话，更没有往深处想，只把敏的邀请当作一次平常的乡友聚会，也就随口说"争取去吧"。说心里话，我当时并不是冲樱花去的，我对樱花的感受和印象不但说不上好，反而从骨子里有不小的反感和愤恨，这都是因为樱花在日本尤为有名，而日本又是给中国人民带来深重灾难的侵略者。之所以答应敏的邀请，是因为早就心仪武大的名气，想去看一看武大。

去武大的那天正巧是个雨天，与我同去的还有乡友立。立是我大学同学，也是老乡。虽说是同学，但年龄上却有差距，我是当了两年多的兵考上大学的，立则是中学毕业考上来的，当时还是黄毛丫头一个。立虽年纪小，但文笔极好，常有诗作发表，我是冲这点带她去的。我知道武大里藏龙卧虎，文人骚客特别多，要是看花兴致上来了，诗兴大发要吟诗作画，身边有位这样的才女，心里也有些底。立像是关在屋里的小猫，上军校后一直没捞得着出去，我带她去看樱花，自然十分乐意，朝我一个劲儿直乐，我想她对我一定打心里感激。

虽说是雨天，但武大校园里赏花的人已是络绎不绝。道路两旁的樱花次第开放，在雨中显得更加晶莹剔透，走在雨中的游人神情怡然。我和立，还有敏及敏的两位中文系女同学找了个僻静的地方坐了下来，天南海北地交谈起来。我发觉敏的那两位同学同立一样，也是才女，出语即诗。一身戎装在身的立则一反常态，异常安静，在人群中显得有些矜持，这不同于立平时的表现，让我有些始料不及，多少也有些尴尬。我没想到立会有这般情绪，即便不高兴，表现出来也可以，别像这般沉默。

像立这样的女孩，沉默不语是最让人心里没底的一件事。我试图打破这种沉默，就借着这雨色里的樱花，叫立吟一首林黛玉的《葬花吟》。我曾听过立用越语吟唱《葬花吟》，那次也是雨天，立唱得很投入，唱得婉转凄然，听着听着，不由得叫人泪下。以后的日子里，我一直想再听一次，再去品味一下那哀婉的意境。同样是雨天，同样是洁白花瓣随蒙蒙雨色洒落一地。如此的景致，正是听《葬花吟》的好时候。我原以为立会有如我一样的心情，会唱得很投入。但立没说唱，也没说不唱，她十分认真地问敏："这满园的樱花从何而来？"敏说："没有考证。"立又说："为什么不做一点考证？"敏说："以前有人也考证过，也许是当年日本占领武汉后栽上的，也许是中日友好人士栽的。"敏接着问："这对于你今天看樱花重要吗？"立默然不语。良久，立说："重要。"

敏说，许多来武大看樱花的人都问如立一样的问题，大家对这满园樱花的历史都特别看重。敏说每年武大校园里樱花盛开的季节，都有许多日本人跋涉几千里，从日本、漂洋过海来武大看樱花，其中还有不少当年挎着战刀入侵中国的"二战"老兵。敏说他也曾与一位有侵华经历的日本老兵有过一次对话，在一棵盛开着樱花的树下的对话。

敏问："你是日本人？从日本来？"敏从老人胸前挂着的标志牌上看出这位满头银发但步履依旧稳健的老人是日本人。

"是的，从日本来，这是我第二次来，但是第一次来中国时没有看到中国竟有这么美丽的樱花。"老人有些激动。

"那第一次来中国是什么时候？怎么没有看到樱花？中国有不少地方有樱花，中国人也特别喜爱樱花。"敏顺手指了指满园竞相开放的樱花说。

"樱花美啊，我在中国看樱花跟在日本看心情不一样。第一次来中国我没有看樱花的心情，也许压根儿就没想到中国也有樱花。"老人说。

"那是哪一年？为何来中国？"敏接着问。

"1937年，入侵中国。"老人迟疑了片刻，缓缓地说，声调明显低了许多，透着一种深深的忏悔。

"你在中国杀了多少人？干了多少坏事？这满眼的樱花你为什么会看不见？这么美的景色怎么会没有心情欣赏？那时候你们日本人是不是只知道用刺刀杀人？"敏显然是受到了刺激，话语里已有些愤怒了。

"都是战争，都是战争，可怕的战争！"老人喃喃而语，声音依旧低沉。

"那是你们发起的战争！"敏依然愤然。

"我家七口人里，除了我，全部死在了那场战争里，死在了原子弹的黑云之下。"老人的声音更加低沉，眼眶里已浸满了泪花。

"我也是一名军人，我理解战争的残酷，但我蹲在战壕里的时候更渴望和平，渴望鲜花盛开的和平，不管什么时候，我都不会忘记鲜花的温馨，那是一种真正的美。"敏说。

"战争的日子是一场噩梦，太可怕了。现在好了，一切都过去了，我一直想再来中国，看一看樱花盛开的中国，美啊，这樱花盛开的季节，还有这些脸上挂着笑意的游人。"老人的情绪好了些，声音也大了点。

"花开的季节是美丽的，花谢的季节是心情失落的季节，中国有一本很有名的书，叫《红楼梦》，其中有一首很有名的诗叫《葬花吟》。"敏说。

"我知道，不仅知道，我还会唱呢！"老人没等敏说完，就接过了话茬儿。

"是吗？为什么有吟这首诗的兴致？"敏好奇地问。

"战争！还是因为战争！战争让我变得伤感起来，人活一世，多一点悲怜是必须的。"老人声调又低了下去，似乎在自言自语。

敏说自那以后，与老人就有了联系，经常就战争和鲜花的话题相互交谈，两个不同年纪、不同国度的人谈得很投机。他们以各自对战争的理解，对战争的态度回忆战争，评说战争。敏说两年前老人突然去世了，带着对自己年轻时犯下罪恶的深深忏悔走了。

敏说，其实无论是在中国，还是在日本，无论是硝烟弥漫血流成河的战争年代，还是莺歌燕舞的和平时代，樱花给人们的都应该是美丽和温馨。一个人，无论是谁，只要从心底记住一份责任，记住一段历史，记住善良和真诚，樱花开放的时候，都应该是芬芳无限的。

从那次到武大看樱花之后，我再也没有去武大，没有再看樱花，但我思绪中的樱花一如武大的樱花，每年花季到来的时候，就次第绽放，弥漫一段温馨的记忆，也有一种理性的沉思在拷问心灵……

从那之后再也没见过敏。但十年前的约定，立和我其实都记在了心间。其实不论能不能如十年前的约定如期相聚，但樱花都会岁岁年年开放在我的心里……

我不知再次见到樱花会是什么时候，看到那一片片随风雨飘落的花瓣凄然落下的时候，立会不会吟唱《葬花吟》，我是真的想听，正如那位日本老人说的，人活一世，多一点悲怜是必须的。真的，我也有如那位日本老人一般的感觉。

母亲河

都说黄河是母亲河，历史书上这么说，文人墨客也这么说，黄皮肤、黑头发的人都这么说。

但我不以为然，尽管我也是黄皮肤、黑头发，自以为也读了不少历史文化书籍，文人骚客的华章美文也读得不少，但我仍不敢苟同这天下人都已达成的共识，我很倔。原因很简单，黄河在我的印象中，总是大浪滔天，灾难连连。我想，世间哪有母亲这样对自己孩子的，就冲这点，我对黄河印象并不好，也就不愿尊其为母亲河了。还有一种缘由，是有些私心的，那是因为我是喝长江水长大的，对长江有着深厚的感情，长江如同母亲，养育着华夏广袤的大地。

真正让我读懂黄河，心为黄河而震撼是我第一次走近黄河，亲手掬捧起黄河水的那一刻。那是我参军后第二年的秋天，我所在的部队驻防在黄河岸边不远，看黄河是连队每年都要搞的一次传统教育课。那天，当我怀着一种特殊的心情走向黄河，亲手掬一把黄河水把它贴近唇边时，我的这颗本已日臻成熟的心，却有一种从未有过的震撼，手分明在微微地颤动，捧着的似乎不仅仅是一捧黄河水，而是一份浸润着广袤苍凉黄土地的沉重的责任……

黄河水以其特有的底色给了我一种独特的感觉。我在想，为什么一捧平平常常的黄河水能有如此强烈的心灵震撼力？就在我沉思苦想的时候，我的思绪飞回了那个养我长大的遥远小山村，想起了含辛茹苦把我养大的母亲，是黄河的凝重、深邃使我禁不住想起把我拉扯大的母亲。黄河水以其凝重和沧桑记下了中华民族的苦难与坚强，正如母亲一脸的苍老和坚毅记下了岁月风雨中承受的那份艰辛与沉重，这份艰辛与沉重是我这个一岁时就失去父亲的孩子在母亲日渐苍老的脸上慢慢读懂的。我记得参军后的第一次回家探亲，见到母亲时，心里不禁一怔，仅仅一年的时间，母亲就苍老了那么多，两鬓平添了许多白发，刀刻般的皱纹更深了。一年前，我报名参军，临行的那天早晨，天下着大雨，临上车前，母亲紧紧地把我的手抓紧，放在胸前，久久地不愿松开。送我的车子快开的时候，母亲才哽咽着对我说："平儿，到部队上好好干，不要想妈。"说完就背过身去，我是望着母亲在雨中那瘦弱的背影踏上从戎之路的。一年里，母亲的嘱托，我牢牢地记在了心上，不敢有丝毫的懈怠，每每有些疲倦想歇一歇时，母亲分别时风雨中的背影就浮现在眼前，我告诫自己必须振奋，必须一刻不歇地前行……捧着这黄河水，好似再一次握着母亲的那双手，心禁不住微微颤动起来，眼眶禁不住湿润起来……

我在这泪水和震撼中体悟和理解了尊黄河为母亲河的深层内涵。是的，黄河是中华民族的母亲河。黄河的坚毅使我想起母亲刻印着岁月风霜的脸，黄河的凝重与深沉使我想起母亲那担负着岁月艰辛、困苦不屈的双肩。黄河千万年的流淌铸就了中华民族灿烂的文化。一部黄河的文明史像一幅历史画卷，刻印着中华民族一段段的辉煌灿烂而又极度沉重的历史。我常常在晨曦初照的清晨，夕阳西落的黄昏，一个人徜徉黄河岸边，听着黄河涛声，听那萦绕着历史与现实无穷无尽的韵脚：高亢、激昂、深沉、浑厚、哀号、泣叹……和着这层次跌宕的韵脚，是那长年奔流不息的水色，那颜色像炎黄子孙的肤色，透着一种不屈、一种坚毅、一种刚强，正如母亲给予我的一样，是那么鲜活、生动……我常常伫立黄河岸边，一次又一次读黄河水那厚厚的底色，如读一本被岁月染黄的线装古书，似乎听到了隆隆的炮声、阵阵的喊杀声……黄河长年奔腾，洗刷着沉重的历史，时时刻刻对后人诉说着历史的辉煌与灿烂，国耻与家仇……

我曾在黄河岸边邂逅了一位七旬老人，老人长久站在岸边，默默地听着黄河涛声，好似沉入久远的回忆。老人见我一身戎装，把目光从黄河上收回。他说五十多年前，他的六位亲人就在这片黄河沙滩上被残忍杀害，鲜血融入了黄河。老人说从那时起，他就和黄河一起记住了这段血染的悲惨历史，他十三岁就参加了游击队，用大刀、长矛为死去的亲人报仇……老人说他东征西杀，戎马一生，老了又回到了黄河岸边。每天清晨，他都要到黄河岸边听黄河的涛声，看黄河春夏秋冬变化交替的景色。老人说，只要看到黄河，听到黄河的涛声，他就能听到一种冲锋的号角声，那是让生命不息、冲锋不止的号角，号角声起，思绪就沿着河水一起奔涌……老人说，黄河的水有灵性，喝黄河水长大的人坚韧、刚强、不屈，一代代喝黄河水长大的炎黄子孙，要把历史的教训，把刻骨的伤痛记在心中最深的地方……

自古以来，有多少人评说黄河，扼腕长叹的有，挥剑饮马的有，哀号哭天的也有。每一次走近黄河，每一次捧起黄河水，我的心就会强烈地震撼一次。是啊，黄河不愧为中华民族的母亲河。她像母亲，有着坚韧不拔的毅力和超人的忍耐力,一直用宽阔的胸怀呵护着她的孩子。黄河的涛声就是母亲对孩子的谆谆教诲,她用她的真诚与挚爱告诉自己的孩子路该怎么走,她用她的深沉和沧桑告诉自己的孩子伤好之后不能忘记苦难与伤痛……